外国人のための日本語 例文・問題シリーズ14

擬音語・擬態語

日向茂男
日比谷 潤子
共著

荒竹出版 授權
鴻儒堂出版社 發行

監修者の言葉

このシリーズは、日本国内はもとより、欧米、アジア、オーストラリアなどで、長年、日本語教育にたずさわってきた教師三十七名が、言語理論をどのように教育の現場に活かすかという観点から、アイデアを持ち寄ってできたものです。私達は、日本語を教えている現職の先生方に使っていただくだけでなく、同時に、中・上級レベルの学生の復習用にも使えるものを作るように努力しました。

このシリーズの主な目的は、「例文・問題シリーズ」という副題からも明らかなように、学生には、今まで習得した日本語の総復習と自己診断のためのお手本を、教師の方々には、教室で即戦力となる例文と問題を提供することにあります。既存の言語理論および日本語文法に関する諸学者の識見を無視せず、むしろ、それを現場へ応用するという姿勢を忘れなかったという点で、ある意味で、これは教則本的実用文法シリーズと言えるかと思います。

従来、文部省で認められてきた十品詞論は、古典文法論ではともかく、現代日本語の分析には不充分であることは、日本語教師なら、だれでも知っています。そこで、このシリーズでは、品詞を自立語では、動詞、イ形容詞、ナ形容詞、名詞、副詞、接続詞、数詞、間投詞、コ・ソ・ア・ド指示詞の九品詞、付属語では、接頭辞、接尾辞、(ダ・デス、マス指示詞を含む)助動詞、形式名詞、助詞、助数詞の六品詞の、全部で十五に分類しました。さらに細かい各品詞の意味論的・統語論的な分類については、各巻の執筆者の判断にまかせました。

また、活用の形についても、未然・連用・終止・連体・仮定・命令の六形でなく、動詞、形容詞とともに、十一形の体系を採用しました。そのため、動詞は活用形によって、u動詞、ru動詞、行く動詞、来る動詞、する動詞、の五種類に分けられることになります。活用形への考慮が必要な巻では、巻頭に活用の形式を詳述してあります。

シリーズ全体にわたって、例文に使う漢字は常用漢字の範囲内にとどめるよう努めました。項目によっては、適宜、外国語で説明を加えた場合もありますが、説明はできるだけ日本語でするように心がけました。

教室で使っていただく際の便宜を考えて、解答は別冊にしました。また、この種の文法シリーズでは、各巻とも内容に重複は避けられない問題ですから、読者の便宜を考慮し、永田高志氏にお願いして、別巻として総索引を加えました。

私達の職歴は、青山学院、獨協、学習院、恵泉女学園、上智、慶應、ICU、名古屋、南山、早稲田、国立国語研究所、国際学友会日本語学校、日米会話学院、アイオワ大、朝日カルチャーセンター、アリゾナ大、イリノイ大、メリーランド大、ミシガン大、ミドルベリー大、ペンシルベニア大、スタンフォード大、ワシントン大、ウィスコンシン大、アメリカ・カナダ十一大学連合日本研究センター、オーストラリア国立大、と多様ですが、日本語教師としての連帯感と、日本語を勉強する諸外国の学生の役に立ちたいという使命感から、このプロジェクトを通じて協力してきました。

国内だけでなく、海外在住の著者の方々とも連絡をとる必要から、名柄が「まとめ役」をいたしましたが、たわむれに、私達全員の「外国語としての日本語」歴を合計したところ、580年以上にも及びました。この600年近くの経験が、このシリーズを使っていただく皆様に、いたずらな「馬齢の積み重ね」に感じられないだけの業績になっていればというのが、私達一同の願いです。

このシリーズをお使いいただいて、Two heads are better than one.（三人寄れば文殊の知恵）とお感じになるか、それとも、Too many cooks spoil the broth.（船頭多くして船山に登る）とお感じになったか、率直な御意見をお聞かせいただければと願っています。

この出版を通じて、荒竹三郎先生並びに、荒竹出版編集部の松原正明氏に大変お世話になりましたことを、特筆して感謝したいと思います。

一九八七年　秋

ミシガン大学名誉教授
上智大学比較文化学部教授　名柄　迪

はしがき

本書は、主に、中級、上級段階での日本語学習者や先生方を対象に簡便に利用できることをめざした「擬《ぎ》音《おん》語・擬《ぎ》態《たい》語」の例文・問題集である。擬《ぎ》音《おん》語・擬《ぎ》態《たい》語は、よく日本語表現の特徴《とくちょう》のひとつだと言われながら、それを中心的内容として取り上げた参考書は、今までなかった。

擬《ぎ》音《おん》語・擬《ぎ》態《たい》語は、日本語の表現上、音声的にも語彙《ごい》的にも文法的にもいろいろと重要な問題を含《ふく》んでいる。日本語学習者は擬《ぎ》音《おん》語・擬《ぎ》態《たい》語を学ぶことによって日本語の表現がより深く理解でき、より日本語らしい文章が書けるようになるということができよう。

本書を利用することで学習者がそれまで学んできた擬《ぎ》音《おん》語・擬《ぎ》態《たい》語について自分の身についた知識として整理することができ、その意味・用法を確実なものにしていけるようになることを願っている。また、先生方には、教育上の必要に応じて御利用いただければありがたいことである。

本書で取り上げた擬《ぎ》音《おん》語・擬《ぎ》態《たい》語の数は多くはないが、中・上級学習者にとって必須と考えられるものは漏《も》れなく取り上げるように配慮《はいりょ》した。

擬《ぎ》音《おん》語・擬《ぎ》態《たい》語を中心内容にしてひとつの参考書としたのは、これが初めてであるため、いろいろと不備な点は多いと思うが、ひとまず、日本語学習者、日本語教授者、また日本語教育関係者にお届けしたい。多くの方から、いろいろと御意見、御批判をおきかせいただければ大変ありがたいことである。

本書の趣旨《しゅし》をご理解いただき、原文転載《てんさい》許可のお願いにたいしてご快諾《かいだく》を下さった金田一春彦、井上ひさし、山口瞳、俵万智、矢玉四郎、五味太郎、海老名香葉子、中沢けい、河野りえの各氏、志木市・志木市青少年問題協議会、朝日新聞社東京事業開発室、アルク『日本語』編集部、全国みそ連合会、サントリー、サッポロビール、UCCコーヒー、グンゼ広報室、松下電器産業、NEC、花王、藤沢薬品工業、龍角散にお礼申し上げる。

一九八九年七月

日向茂男
日比谷潤子

目次

本書の使い方

本書の構成

本書の項目《こうもく》別の分類の仕方は、擬音語《ぎおんご》・擬態語《ぎたいご》の意味・内容による分類に基づいている。擬音語《ぎおんご》・擬態語《ぎたいご》に関して、その意味・内容から分類・整理する試みはあったが、基本的と考えられる擬音語《ぎおんご》・擬態語《ぎたいご》を網羅《もうら》的に並《なら》べ、例文を添えたものはなかった。

各項目《こうもく》の構成は次のようになっている。

(一) 擬音語《ぎおんご》・擬態語《ぎたいご》の提示
(二) 簡単な意味解説
(三) 接続のしかた
(四) 例文
(五) 練習問題

本書の利用にあたって

解説は、平易な表現を使うよう心がけた。したがって、学習者が独習用としても使用できるものである。ある程度擬音語《ぎおんご》・擬態語《ぎたいご》を勉強した学習者は練習問題から着手し、欠けているところを読み返して復習してほしい。

本書で取り上げた学習事項《じこう》は言うまでもなく順を追って学習していく必要はない。学習段階などに応じて、それぞれの語の意味や用法を知ったりするなど、知識の獲得《かくとく》、また学習を深めるために役立てるようにしてほしい。

学習者が擬音語《ぎおん》・擬態語《ぎたい》の用法をマスターすることによって、より深く日本語が理解でき、またより日本語らしい文章を書けるようになることを願っている。

総合練習問題では、擬音語《ぎおん》・擬態語《ぎたい》のよく用いられる文章を知るために新聞や雑誌の記事、広告、また子供の読みもの、随筆《ずいひつ》、詩、小説など、はば広い分野から多くのものを引用した。また擬音語《ぎおん》・擬態語《ぎたい》の特徴《とくちょう》やそれに関連して日本語を論じたものを加えた。これらを通じて日本語の発想など、またどう論じられてきたかなど、それなりに知ることができると思う。

第一章　擬《ぎ》音《おん》語・擬《ぎ》態《たい》語について

〔一〕擬《ぎ》音《おん》語・擬《ぎ》態《たい》語とは

『擬《ぎ》音《おん》語・擬《ぎ》態《たい》語辞典』（浅野鶴子編、角川書店、昭和53年）の冒頭で、擬《ぎ》音《おん》語・擬《ぎ》態《たい》語を論じている「擬《ぎ》音《おん》語・擬《ぎ》態《たい》語概《がい》説《せつ》」（執筆＝金《きん》田《だ》一《いち》春《はる》彦《ひこ》）によると、擬《ぎ》音《おん》語、擬《ぎ》態《たい》語は次のように説明されている。また、擬《ぎ》音《おん》語は二種のものに、擬《ぎ》態《たい》語は三種のものに下位分類されている。

◎擬《ぎ》音《おん》語……外界の音を写した言葉
　○擬《ぎ》音《おん》語　……無生物の音を表すもの
　○擬《ぎ》声《せい》語　……生物の声を表すもの
◎擬《ぎ》態《たい》語……音を立てないものを、音によって象《しょう》徴《ちょう》的に表す言葉
　○擬《ぎ》態《たい》語　……無生物の状態を表すもの
　○擬《ぎ》容《よう》語　……生物の状態（動作容態）を表すもの
　○擬《ぎ》情《じょう》語……人間の心の状態を表すようなもの

これは、擬《ぎ》音《おん》語・擬《ぎ》態《たい》語の広がりをよく教えてくれるものである。ただし、これらの用語は、ふつうそんなに厳密に使い分けられているわけではない。特に、先の広義の擬《ぎ》音《おん》語は、従来、擬《ぎ》声《せい》語と

呼ばれることが多かった。

『大辞林』（松村明編、三省堂、一九八八）では、この国語辞典の特色のひとつとして一ページをさいた二色刷の「特別ページ」を設けているが、そこでは「擬声語《ぎせい》・擬態語《ぎたい》」が一項目《こうもく》になっている。

そこで、そのそれぞれを『大辞林』でひいてみると、

◎擬声語《ぎせい》……事物の音や人・動物の声などを表す語

◎擬態語《ぎたい》……物事の状態や様子《ようす》などを感覚的に音声化して表現する語

とある。さらに擬態語《ぎたい》は「広義には擬声語《ぎせい》の一種ともされる」と説明している。

擬音語《ぎおん》、擬態語《ぎたい》を含め音象徴《おんしょうちょう》（Sound Symbolism）と呼ぶことにして、これが日本語の中で独特な位置を占《し》めることは、先の『大辞林』の「特別ページ」の一項目《こうもく》となっていることからもわかる。

この「特別ページ」は全部で十九項目《こうもく》あり、「敬語」や「百人一首」と並《なら》んでそれが取り上げられているのである。

この「擬声語《ぎせい》・擬態語《ぎたい》」の特別ページは、かなりくわしく丁寧《ていねい》に日本語の音象徴《おんしょうちょう》の意味的分類をほどこしている。もちろん、一ページの特別ページだから取り上げられている語数は多くないが、分類自体は大変興味深いものである。本書では、この分類を大きくもとにして擬音語《ぎおん》・擬態語《ぎたい》を取り上げたので、目次を見ることでその概要《がいよう》を知ることができる。

音象徴《おんしょうちょう》語の意味的分類をしたものは、他にもあるが、ここでは『漫画《まんが》で楽しむ英語擬音語《ぎおん》辞典』（松田徳一郎監修、研究社、一九八五）の「付録」の中の「類別索引《さくいん》」を簡単に紹介しておきたい。

○動物の鳴き声

○人間の発声（特に次の四つを類別している——おしゃべり、泣く、笑う、叫び）
○物体の鳴る音（特に次のふたつを類別している——水、空気）
○たたく・ぶつかる・爆発《ばくはつ》・破裂《はれつ》
○振動《しんどう》音・摩擦《まさつ》音
○動き・様態

これでみると英語の場合では、「様態」は、やはりあまり大きく取り上げられていないことがわかる。かわりに、「付録」では、特に動物の鳴き声を13ヵ国対照表にしているが、そこで取り上げられた動物の数は、42にのぼっている。

日本語の音象徴《おんしょうちょう》語の文法的特性も大事である。特に擬態《ぎたい》語の場合、たとえば、「ぴかぴか」を例にとると、「ぴかぴか(と)光る」、「ぴかぴかだ」、「ぴかぴかになる／する」、「ぴかぴかの靴《くつ》」、「ぴかぴかめがね」などと用いられる。

擬音《ぎおん》語・擬態《ぎたい》語は、また効果的な表現をねらったり、言葉遊びの効果を出そうとしたりする場合に、よく用いられるものである。

わくわくＭＥＮＵ　（新聞の折《お》り込《こ》み広告）

寝室《しんしつ》は／しーん室で／ありたいものだ。　（松下電器の広告）

〔二〕擬音《ぎおん》語・擬態《ぎたい》語と日本語・日本語教育

Seiichi Makino and Michio Tsutsui は、*A Dictionary of Basic Japanese Grammar*（『日本語基本文法辞典』）の“Preface”（「序」）で“Characteristics of Japanese Grammar”（「日本語文法の特《とく》

徴《ちょう》」）について解説しているが、取り上げられた項目《こうもく》のひとつが“Sound Symbolism—giseigo and gitaigo”（「音象徴《おんしょうちょう》——擬《ぎ》声《せい》語と擬《ぎ》態《たい》語」）である。つまり、ここには“Topic”（「主題」）や“Ellipsis”（「省略」）といった項目《こうもく》と並《なら》んで、擬《ぎ》音《おん》語・擬《ぎ》態《たい》語の重要性を認識する姿勢がある。そして、Seiichi Makino *et al.* は、その中で次のように言っている。

“it is of vital importance that students of Japanese learn these sound symolisms as part of their ordinary vocabulary”

擬《ぎ》音《おん》語は、日本語の中で文法的にも語彙《ごい》的にも重要なパートを占《し》めているということになるわけだが、さらに音声上も重要な問題を含んでいることもよく知られたことである。では、擬《ぎ》音《おん》語・擬《ぎ》態《たい》語は、日本語教育の現場でどんなふうに学習者や教授者に認識され、取り上げられているだろうか。たとえば、次のような報告がある。

「それでも難しいのは擬《ぎ》声《せい》語・擬《ぎ》態《たい》語ですね」というのは西尾《にしお》さんだ。「スズメはチュンチュン、カラスはカーカーと教えると、生徒は『どうしてもそうは聞こえない』とがんばる。カンカン照りの晴天、といってもピンと来ない。まして、日本の雨の降り方に幾《いく》通りあると思います?」

シトシト、ポツリポツリ、パラパラ、ザーザーから始まって驟雨《しゅうう》、霖雨《りんう》、氷雨《ひさめ》から五月雨《さみだれ》……。覚えさせるどころか、こちらが説明してやる方が大変だ。

（新年特集「日本語」『朝日新聞』'89・1・1朝刊）

渾身《こんしん》の留学。目標達成のためには学校の用意した女子寮《りょう》にもはいらず単身のアパート住まい。

連日夜間に及《およ》ぶ学内独習。午後七時半、彼女《かのじょ》には悪いけど、そろそろ戸締《とじま》りしなくては——。

「さあ、都さん、ぼちぼち帰ることにしようか」

「ハイ、あ、いまなんておっしゃいましたか。ボチボチですか？」

「うん、ボチボチ」

「あ、そうですか。ボチボチはどんなことですか」

と、理知的な目で問いかける。やおら説明すると、

「あ、そうですか。きれいなことばですねぇー」

としきりに感心する。なるほど外国人の耳にも擬態《ぎたい》語は美しく聞こえるのか。いや、韓国《かんこく》のことばは擬声《ぎせい》擬態《ぎたい》語（オノマトペ）から派生した動詞、形容詞、名詞が極めて多く、長い歴史をもっている、というから韓国《かんこく》人の耳にはとくに美しく響《ひび》くのだろうか……。この学校で時々扱《あつか》うオノマトペ学習に人気《にんき》があるのもむべなる哉《かな》——、とひとり納得《なっとく》。


（金丸忠「オノマトペ—日本語再見」『日本語』'89年9月号　アルク）

〔三〕本書で取り上げた擬音《ぎおん》語・擬態《ぎたい》語

日常語として学習する必要はあるが、学習上いろいろと難しい点があり、しかしながら、また学習者の興味をひくのも、擬音《ぎおん》語・擬態《ぎたい》語ということになるだろう。

現在、擬音《ぎおん》語・擬態《ぎたい》語についてはいくつかの辞典などが刊行されている。本書に収録する擬音《ぎおん》語・擬態《ぎたい》語の選定には、その中から以下の四冊を参照した。

天沼　寧（編）『擬音語・擬態語辞典』東京堂、一九七四。

木村宗男「擬声語・擬態語について」『外国人のための基本語用例辞典』（第二版）六四―八七頁　文化庁、一九七五
浅野鶴子（編）『擬音語・擬態語辞典』角川小辞典12　角川書店、一九七八
白石大二『擬音語・擬態語慣用句辞典』東京堂、一九八二

上記の四書はそれぞれ独自の方針のもとに編集されており、収録語数も大幅に異なる。本書は、外国人学習者にとって必須と考えられる、もっとも基本的な擬音《ぎおん》語・擬態《ぎたい》語を集め、簡単な解説に例文を掲載《けいさい》するという原則のもとに編集した。具体的には、「上述の四書の全てに収録されている語を収録する」という基準を設け、それを『大辞林』の特別ページでの擬音《ぎおん》語・擬態《ぎたい》語の意味的分類をおおもとにして分類・配列した。

ここで取り上げられている擬音《ぎおん》語・擬態《ぎたい》語は、約三六〇語（総合問題を含めると約五八〇語）である。

〔四〕　本書の主要学習項目《こうもく》と本シリーズ他巻との関連性

本書で取り上げた主要な学習項目《こうもく》が、本シリーズの他の巻とどう関連性を持っているかみてみる。

1　副　詞

副詞は、本巻と一番重なりの多いものである。ただ、擬音《ぎおん》語・擬態《ぎたい》語がある様子《ようす》・状態を描《えが》いて言うのと違《ちが》って、副詞には、時や頻度《ひんど》を表す言い方、陳述《ちんじゅつ》に呼応する言い方などあって、もっと用法の幅《はば》が広い。

副詞の巻の関連項目《こうもく》もあわせて学習し、総合的な力を養ってほしい。

4 複合動詞

「擬《ぎ》音《おん》語＋動詞」が複合動詞になる例が取り上げられている。それは、「二音節＋動詞」の形をとり、ほとんどは「つく」と結びつく。

まごまごする＝まごつく
ぶらぶらする＝ぶらつく

ほかに、「いらだつ」「かちあう」などがある。

8 助動詞

擬《ぎ》音《おん》語が動詞化する場合として、「―つく」「―する」の例が取り上げられている。

「―つく」の例
　ぱらつく・びくつく・もたつく、など

「―する」の例
　しゃきっとする・どきっとする・はっとする、など
　ぴんとする・しゃんとする・きちんとする、など
　がみがみする・ぺこぺこする、など
　うんざりする・のんびりする、など
　ぐったりする・ゆっくりする、など

「―する」の例は、擬《ぎ》音《おん》語・擬《ぎ》態《たい》語の音声的特徴《とくちょう》をもよく示すものである。

第二章　動物の鳴き声

〔一〕鳥類の鳴き声を表す言い方

1 **があがあ**　鴨《かも》類の鳴き声。［~V、~とV］

(1) あひるが池でがあがあ鳴いている。

2 **かあかあ**　からすが鳴く声。［~V、~とV］

(1) からすが火葬《かそう》場のまわりをかあかあと鳴きながらとんでいる。

3 **ちゅんちゅん**　すずめが鳴く声。［~V、~とV］

(1) すずめが屋根の上でちゅんちゅん鳴く。

4 **こけこっこ**　にわとりが鳴く声。［~とV］

(1) にわとりがこけこっこと鳴いて朝を告げる。

5 **ぽっぽ**　鳩《はと》が鳴く声。［~V、~とV］

(1) はとがぽっぽと鳴きながら豆を食べている。

6　**ぴよぴよ**　ひよこが鳴く声。〔~V、~とV〕

(1)　ひよこがにわとり小屋でぴよぴよ鳴いている。

〔二〕

哺乳類《ほにゅう》の鳴き声などを表す言い方

1　**わんわん**　犬のほえる声。〔~V、~とV〕

(1)　玄関に人が来たのか、犬がわんわんほえている。

2　**きゃんきゃん**　犬がかん高くほえる声。〔~V、~とV〕

(1)　犬がきゃんきゃん鳴いてうるさい。

3　**もうもう**　牛の鳴き声。〔~V、~とV〕

(1)　牛が牧場でもうもうと鳴いている。

4　**こんこん**　きつねの鳴き声。〔~V、~とV〕

(1)　山の中できつねがこんこん鳴いている。

5　**にゃあにゃあ**　猫の鳴き声。〔~V、~とV〕

(1)　捨て猫が薄暗《うすぐら》いじめじめしたところでにゃあにゃあ鳴いていた。

6　**ちゅうちゅう**　ねずみの鳴き声。〔~V、~とV〕

(1)　ねずみが天井裏《てんじょう》でちゅうちゅう鳴いている。

7　**ぶうぶう**　ぶたの鳴き声。［～V、～とV］

(1) おりのそばに近づくと、ぶたがぶうぶう鳴いていた。

8　**くんくん**　犬が臭《にお》いをかぐ様子《ようす》。［～V、～とV］

(1) 犬がくんくん臭《にお》いをかぎながら歩いている。

〔三〕爬虫《はちゅう》類の鳴き声を表す言い方

1　**けろけろ**　かえるの鳴き声。［～V、～とV］

(1) 遠くの田んぼからかえるのけろけろ鳴く声が聞こえる。

〔四〕昆虫《こんちゅう》の鳴き声などを表す言い方

1　**りんりん**　すず虫の鳴き声。［～V、～とV］

(1) すず虫がりんりん鳴く声を聞くと、秋の到来《とうらい》を実感する。

2　**じいじい**　せみの鳴き声。［～V、～とV］

(1) 連日30度を越す酷暑《こくしょ》の中で、せみだけが元気にじいじい鳴いている。

3　**ぶんぶん**　蜂《はち》のとぶ羽音。［～V、～とV］

(1) 蜂《はち》が花のまわりをぶんぶんとぶ。

練習問題〔一〕―〔四〕

次の1から8の動物の鳴き声をa～hの中から選び、その記号を書きなさい。

1　からす（　　）　5　犬（　　）
2　すずめ（　　）　6　牛（　　）
3　にわとり（　　）　7　ぶた（　　）
4　ひよこ（　　）　8　猫（　　）

a　ぴよぴよ　b　もうもう　c　ちゅんちゅん　d　わんわん　e　ぶうぶう
f　かあかあ　g　こけこっこ　h　にゃあにゃあ

第三章　自然現象の中の音・様子《ようす》

〔一〕天気・湿度《しつど》の様子《ようす》を表す言い方

1　**うらうら**　日の光が明るく、のどかに照っている様子《ようす》。［～V、～とV、～とした］

(1) うらうらと日が照っていて、気持ちがいい。

(2) 三月に入ってお日様がうらうら照る日が多く、日に日に暖かくなってくる。

(3) うらうらとした春の日に、桜並木《さくらなみき》を散歩した。

2　**からっと**　湿度が少なくて、明るくさわやかに晴れた様子《ようす》。［～V、～した］

(1) 今日《きょう》は朝からからっとよく晴れて、気持ちのいい一日だった。

(2) カナダの夏はからっとしていて、大変しのぎやすい。

3　**からりと**　湿度《しつど》が少なくて、明るくさわやかに晴れた様子《ようす》。［～V、～した］

(1) 毎日雨ばかりで、一日ぐらいからりと晴れ上がらないものだろうか。

(2) ここ二、三日からりとしたお天気が続いたので、洗濯《せんたく》物やふとんをいっぱいほした。

4　**どんより**　雲が低くたれこめている様子《ようす》。［～V、～とV、～した］

(1) 明日《あす》は終日どんより曇《くも》るでしょう。
(2) どんよりとした日が一週間も続き、もううんざりだ。

〔二〕気温の様子《ようす》を表す言い方

1 ぽかぽか　気持ちよく、暖かい様子《ようす》。［～V（A）、～とV（A）、～する、～した］
(1) 四月に入って、ぽかぽか暖かくなってきた。
(2) ぽかぽかと射《さ》す秋の日の光を浴びながら、縁側《えんがわ》で猫が昼寝《ひるね》をしている。

〔三〕太陽の輝《かがや》く様子《ようす》を表す言い方

1 かんかん　太陽が強く照りつける様子《ようす》。［～V、～とV］
(1) 日がかんかん照る砂浜で日光浴をした。
(2) 真夏の太陽がかんかんと照りつける。

2 ぎらぎら　どぎつく光り輝《かがや》く様子《ようす》。［～V、～とV、～する、～した］
(1) 真夏の午後の太陽がぎらぎら照っている。
(2) ぎらぎらした夕日が水平線に沈《しず》む。

〔四〕星の輝《かがや》く様子《ようす》を表す言い方

1 ぴかぴか　星が照り輝《かがや》いている様子《ようす》。［～V、～とV、～する、～した］
(1) 都会を離れると、空気が澄《す》んでいて星がぴかぴかよく光っている。

(2)　ぴかぴか光る満天の星を仰《あお》ぎ見る。

2　**きらきら**　星が鋭《するど》く、きらめき輝《かがや》く様子《ようす》。「〜V、〜とV、〜する、〜した」

(1)　星がきらきら光る美しい夜だった。

(2)　夜空にきらきら輝《かがや》く星を目印にして歩いた。

3　**きらり**　一瞬《いっしゅん》鋭《するど》く光る様子《ようす》。「〜V、〜とV」

(1)　きらりと輝《かがや》く一番星が見えた。

(2)　きらりと光って、流れ星が消えた。

〔五〕雲の様子《ようす》を表す言い方

1　**ぽっかり**　雲が軽く浮《う》かんでいる様子《ようす》。「〜V、〜とV」

(1)　空にぽっかり浮《う》かんだ雲はまるで綿菓子《わたがし》のようだ。

(2)　青空に白い雲がいくつかぽっかり浮《う》かんだのどかな午後だった。

〔六〕雨の降る様子《ようす》を表す言い方

1　**ぽつぽつ**　雨が降り始める様子《ようす》。「〜V、〜とV」

(1)　雨がぽつぽつ降ってきた。

(2)　ちょうどぽつぽつ雨の落ちてきた頃《ころ》、会社を出て、家路についた。

2　**ぱらぱら**　雨が少しまばらに降る様子《ようす》。「〜V、〜とV、〜する」

(1) 出かけようと思ったら、雨がぱらぱら降ってきた。
(2) 今はまだぱらぱら降っているが、空が明るくなってきたから、もうやむだろう。

3 **しとしと**　雨が静かに細かくしめやかに降る様子《ようす》。[~V、~とV、~にV]
(1) 六月は一日中雨がしとしとと降る。
(2) 霙《みぞれ》がしとしとと降りそそいでいた。
(3) 花が露《つゆ》にしとしとに濡《ぬ》れている。

4 **ざあざあ**　雨が激《はげ》しく、勢いよく降る様子《ようす》。[~V、~とV]
(1) 低気圧の通過で、雨がざあざあ降る。
(2) 車軸《しゃじく》を流したように、雨がざあざあ降る。

〔七〕雪の降る様子《ようす》を表す言い方

1 **ちらちら**　雪がまばらに、現れたり消えたりしながら落ちる様子《ようす》。[~V、~とV、~する]
(1) 寒いと思ったら、雪がちらちら降ってきた。
(2) 雪がちらちら舞《ま》う中を、コートも着ずに出て行った。

2 **はらはら**　雪が少し、まばらに降る（散る）様子《ようす》。[~V、~とV]
(1) 舞台《ぶたい》に紙の雪がはらはら舞《ま》う。
(2) はらはら散る雪を眺《なが》めているうちに、だんだん悲しい気持ちになってきた。

〔八〕

風の吹《ふ》く様子《ようす》を表す言い方

1　**そよそよ**　風が静かに、気持ちよく吹《ふ》く様子《ようす》。［～V、～とV］

(1) 春風がそよそよ吹《ふ》く。

(2) そよそよ吹《ふ》く風に髪《かみ》をなびかせて、自転車のペダルをこぐ。

2　**ひゅうひゅう**　風が激《はげ》しく強く吹《ふ》く様子《ようす》。［～V、～とV、～する］

(1) ひゅうひゅうと木枯《こがら》しが吹《ふ》く。

(2) 烈《はげ》しく吹《ふ》きつける風が電線をひゅうひゅう鳴らす。

3　**ぴゅうぴゅう**　風が強く吹《ふ》く様子《ようす》。［～V、～とV］

(1) 北風がぴゅうぴゅう吹《ふ》く。

(2) 筑波《つくば》おろしがぴゅうぴゅう吹《ふ》きつける。

4　**びゅうびゅう**　風が激《はげ》しく強く吹《ふ》く様子《ようす》。［～V、～とV］

(1) 寒風がびゅうびゅう吹《ふ》く。

(2) 今年《ことし》も木枯《こがら》しがびゅうびゅう吹《ふ》く季節がやってきた。

〔九〕

稲妻《いなずま》が光る様子《ようす》を表す言い方

1　**ぴかっと**　稲妻《いなずま》が一瞬《いっしゅん》光る様子《ようす》。［～V］

(1) 稲妻《いなずま》がぴかっと光ったと思ったら、雷《かみなり》が鳴りだした。

(2) 稲妻《いなずま》がぴかっと光っただけで、ふとんをかぶってふるえている。

練習問題〔一〕―〔九〕

A　次の1から8の自然現象について用いられる擬《ぎ》音《おん》語・擬《ぎ》態《たい》語をa～rの中から選び、その記号を書きなさい。

1　お天気（　　）　5　雪（　　）
2　太陽（　　）　6　雨（　　）
3　星（　　）　7　雲（　　）
4　気温（　　）　8　風（　　）

a　うらうら　b　かんかん　c　きらきら　d　ぴかぴか　e　ぽっかり
f　ぽかぽか　g　ぱらぱら　h　しとしと　i　どんより　j　ぽつぽつ
k　ぎらぎら　l　ざあざあ　m　そよそよ　n　ちらちら　o　はらはら
p　ひゅうひゅう　q　びゅうびゅう　r　ぴゅうぴゅう

B　｛　｝の中から適当なものを選びなさい。

1　駅から来る途《と》中《ちゅう》で｛a ざあざあ　b しとしと　c ぽつぽつ｝雨が降り出してびしょ濡《ぬ》れになってしまった。

2　四月にはいって、毎日｛a びゅうびゅう　b そよそよ　c ぴゅうぴゅう｝心地よい風が吹《ふ》いている。

3　｛a うらうら　b ぽかぽか　c むしむし｝した陽気のいい日が続くでしょう。

4　あの子はいつも目が｛a ぎらぎら　b ぴかぴか　c きらきら｝輝《かがや》いている。

5　音もなく｛a はらはら　b しとしと　c しんしん｝と雪が降る。

C　a～eの中から適当なものを選び、（　）にその記号を入れなさい。

1（　）星
2（　）陽気
3（　）降り
4（　）照り
5（　）雨

a　ざあざあ　b　かんかん　c　きらきら　d　ぱらぱら　e　ぽかぽか

第四章　物が出す音

〔一〕

ぶつかる・打つ・たたく音を表す言い方

1　**かたかた**　硬《かた》い物の触《ふ》れ合う音。［～V、～とV、～する］

(1)　走り出すと、石鹸《せっけん》がプラスチックの箱《はこ》の中でかたかたなった。

(2)　昔《むかし》のミシンはかたかた足で踏《ふ》んで縫《ぬ》ったものだ。

2　**がたがた**　硬《かた》い物どうしがぶつかり合う音。［～V、とV、～する］

(1)　風で雨戸《あまど》ががたがたいう。

(2)　窓をがたがたと開けた。

(3)　威勢《いせい》よく、がたがたと階段を下りてきた。

3　**ことこと**　物を軽くたたく音、物が軽く触《ふ》れ合う音。［～V、～とV］

(1)　ことことと爪先《つまさき》の土をたたく。

(2)　シチューが煮《に》えて、鍋《なべ》のふたがことことと音をさせている。

4　**こんこん**　硬《かた》い物をたたく音。［～V、～とV］

(2) (1) 扉《とびら》をこんこん叩《たた》く。
壁《かべ》に釘《くぎ》をこんこんうちつける。

5 **とんとん**　軽く物をたたく音。［～V、とV］
(1) 扉《とびら》をとんとんノックしてから、部屋《へや》に入る。
(2) 朝早くから、とんとんと大工《だいく》仕事の音が聞こえてくる。

6 **どんどん**　物を続けて打つ音。［～V、～とV］
(1) 夜中にどんどんドアをたたかれて、全然眠《ねむ》れなかった。
(2) 音楽にあわせて、太鼓《たいこ》をどんどんたたく。

練習問題〔一〕

a～fの中から適当なものを選んで、その記号を（　）に入れなさい。

1 小石をうちあわせると（　　　　）小さな音がした。
2 湯がわいたらしい。やかんのふたが（　　　　）いっている。
3 祖母の肩《かた》を（　　　　）たたく。
4 台風で、一日中窓が（　　　　）鳴りどおしだった。
5 そんなに（　　　　）戸をたたかなくても、今、あけますよ。
6 酒樽《さかだる》の栓《せん》を（　　　　）たたいて開《あ》け、ますに酒を注いだ。

a　かたかた　b　がたがた　c　ことこと　d　こんこん
e　とんとん　f　どんどん

〔二〕**物が鳴る音を表す言い方**

1　**かんかん**　鐘《かね》の鳴る音。［～V、～とV］
(1)　どこかで火事があったのか、さっきから半鐘《はんしょう》がかんかん鳴っている。
(2)　のど自慢大会に優勝して、鐘《かね》をかんかん鳴らした。

2　**りんりん**　鈴《すず》やベルが鳴る音。［～V、～とV］
(1)　鈴《すず》をふってりんりん鳴らす。
(2)　合図にベルをりんりんと鳴らすと、二階から降りてきた。

3　**どんどん**　太鼓《たいこ》を続けて打つ音。［～V、～とV］
(1)　太鼓《たいこ》をどんどん勢いよく叩《たた》く。
(2)　笛《ふえ》の音色《ねいろ》とともに、太鼓《たいこ》をどんどんたたく音が神社《じんじゃ》から聞こえてくる。

4　**がちゃがちゃ**　物がうるさく触《ふ》れ合う音。［～V、～とV、～する］
(1)　部屋《へや》の外で鍵《かぎ》をがちゃがちゃ鳴らしている。
(2)　がちゃがちゃ音をたてて、荷物を整理する。

5　**ちゃらちゃら**　小さな金属性の物が触《ふ》れ合う音。［～V、～とV、～する］
(1)　ポケットの中で小銭がちゃらちゃらする。

(2) 耳元で細長い金のイヤリングがちゃらちゃら揺《ゆ》れる。

6 **ちゃりん** 金属などが瞬間《しゅんかん》的に触《ふ》れ合う音。［〜V、〜とV］

(1) 自動販売機《はんばいき》に百円玉を入れると、ちゃりんと音がした。

(2) 風鈴《ふうりん》の音がちゃりん、ちゃりん鳴ってうるさくてしようがない。

7 **ころころ** ［〜V、〜とV］

(1) さいころの音がころころと聞こえてくる。

(2) 鈴《すず》がころころ鳴る。

8 **がらり** ［〜とV］

(1) がらりと戸を開ける。

練習問題〔二〕

次の物について用いられる擬《ぎ》音《おん》語・擬《ぎ》態《たい》語をa〜cの中から選び、その記号を（　）の中に書きなさい。

1 ベル（　　）　2 電話（　　）　3 鐘《かね》（　　）　4 太《たい》鼓《こ》（　　）

a どんどん　b りんりん　c かんかん

〔三〕 こすれる・きしむ音を表す言い方

1　**かさかさ**　乾《かわ》いた物が触《ふ》れ合う様子《ようす》。［～V、～とV、～する、～だ］

(1)　枯葉《かれは》がかさかさ音をたてている。

(2)　かさかさと門の方で砂利道《じゃりみち》を踏《ふ》む音がきこえた。

2　**がさがさ**　乾《かわ》いた物が重く触《ふ》れ合う様子《ようす》。［～V、～とV、～する、～だ］

(1)　突然《とつぜん》がさがさとやぶが鳴った。

(2)　がさがさ笹《ささ》の音がして、竹やぶから虎《とら》が現れた。

3　**がたぴし**　硬《かた》い物どうしがぶつかり合う音。［～V、～とV］

(1)　雨戸《あまど》のたてつけが悪く、がたぴしいう。

(2)　たんすをがたぴしいわせて、中の物を取り出す。

4　**きいきい**　硬《かた》い物がこすれる連続的な音。［～V、～とV］

(1)　戸がきいきいきしむ。

(2)　上《のぼ》り坂で、荷車を押《お》すと、きいきい音がした。

5　**ぎいぎい**　硬《かた》い物がこすれる連続的な音。［～V、～とV］

(1)　戸がぎいぎい開《あ》いた。

(2)　ボートをぎいぎい漕《こ》ぐ。

6　**ぎしぎし**　物がこすれ合ってきしむ、滑《なめ》らかでない音。［～V、～とV］

(1)　階段がぎしぎし鳴る。

(2)　古い家なので、廊下《ろうか》を歩くとぎしぎし音がする。

7　**ごしごし**　滑《なめ》らかでない物を強くこすり合わせる音。［～V、～とV］

(1)　顔をごしごしこする。

(2)　答案用紙を消しゴムでごしごし消す。

8　**みしみし**　木製《もくせい》の物がしなう音。［～V、～とV、～する］

(1)　戸のたてつけが悪く、みしみしいう。

(2)　そっと二階へ上がろうと思ったが、階段がみしみし音をたてたので、気づかれてしまった。

練習問題〔三〕

次のものを言う時の擬音語《ぎおん》・擬態語《ぎたい》をa～hの中から選びなさい。

1　乾《かわ》いた物が軽く触《ふ》れ合う　（　　）

2　物がこすれあってきしむ、滑《なめ》らかでない音　（　　）

3　滑《なめ》らかでない物を強くこすりあわせる音　（　　）

4　乾《かわ》いた物が重く触《ふ》れ合う　（　　）

a　かさかさ　b　がさがさ　c　がたぴし　d　きいきい　e　ぎいぎい

f　ぎしぎし　g　ごしごし　h　みしみし

〔四〕　切る・刺《さ》す音を表す言い方

1　**すぱすぱ**　続けて、切る（よく切れる）様子《ようす》。［～V、～とV］

(1) 束《たば》ねてすぱすぱ切った葱《ねぎ》を、片《かた》っ端《ぱし》から鍋《なべ》に放り込《こ》む。

(2) 自慢《じまん》の名刀ですぱすぱ竹を切る。

2　**さくさく**　切れ味よく、連続的に切る様子《ようす》。［～V、～とV］

(1) 大根をさくさく切る。

(2) 包丁をたてて、さくさく切るのがこつだ。

3　**ざくざく**　連続的に粗《あら》く切る様子《ようす》。［～V、～とV］

(1) ざくざく葱《ねぎ》を切る。

(2) キャベツはざくざく切って、炒《いた》める。

4　**ちょきちょき**　はさみで連続的に切る様子《ようす》。［～V、～とV］

(1) 器用にはさみを動かしてちょきちょき切る。

(2) 庭の方から植木屋のちょきちょき手入れをする音が聞こえる。

5　**ぐさぐさ**　鋭利《えいり》な物が、あまり硬《かた》くない物に連続的に突《つ》き刺《さ》さる様子《ようす》。［～V、～V］

(1) きりでわら人形《にんぎょう》をぐさぐさ突《つ》く。

(2) 被害者《ひがいしゃ》は全身を刃物《はもの》でぐさぐさ刺《さ》されて死んでいた。

6　**ぶすっと**　一回、厚みのある物を突《つ》き刺《さ》す様子《ようす》。［～V］

(1) 待ち伏《ぶ》せしていて、背後からぶすっと刺《さ》して殺した。

7　(2)　釘《くぎ》を足の裏にぶすっと刺《さ》してしまった。

ずぶずぶ　柔《やわ》らかい物を連続的に突《つ》き刺《さ》す様子《ようす》。［～V、～とV］

(1)　針山《はりやま》にずぶずぶと針《はり》を刺《さ》していった。

(2)　沼《ぬま》を渡《わた》る時、ずぶずぶ足をとられた。

〔五〕しぼる音を表す言い方

1　ぎゅっと　力を入れて、強くしぼる様子《ようす》。［～V］

(1)　雑巾《ぞうきん》をぎゅっとしぼって、廊下《ろうか》をふく。

(2)　相手の手をぎゅっと握《にぎ》って握手《あくしゅ》をする。

2　ぎゅうぎゅう　無理にしぼる様子《ようす》。［～V、～とV］

(1)　雑巾《ぞうきん》をかたくぎゅうぎゅうしぼり上げる。

(2)　ガムテープをぎゅうぎゅう巻いておいたから、よもや中身が出ることはないだろう。

3　きゅっと　しぼる様子《ようす》。［～V］

(1)　きゅっとベルトをしめる。

〔六〕やぶる音を表す言い方

1　ぴりぴり　薄《うす》い布や紙を、強く引き裂《さ》く様子《ようす》。［～V、～とV］

(1)　先生宛《あて》の手紙は何度書いても失敗してしまい、便箋《びんせん》を何枚もぴりぴり破いてしまった。

(2) なかなか筆が進まないので、頭にきて原稿用紙《げんこう》をぴりぴり破いて捨てた。

2　**びりびり**　布や紙を勢いよく破る様子《ようす》。［～V、～とV］

(1) 障子《しょうじ》をびりびり破る。

(2) 恋人からの手紙をびりびり破り捨てた。

3　**ぱりぱり**　薄《うす》い物を破る様子《ようす》。［～V、～とV］

(1) 薄焼《うすや》きせんべいをぱりぱり割って食べる。

(2) 池にはっていた薄氷《うすごおり》がぱりぱりと音をたてて割れていく。

4　**ばりばり**　物を勢いよく裂《さ》く様子《ようす》。［～V、～とV］

(1) 子供が障子《しょうじ》をばりばり破って、面白がっている。

(2) 大事にしていた歌手のポスターをばりばりと破り捨てる。

〔七〕　折る音を表す言い方

1　**ぽきぽき**　硬《かた》い物が連続的に折れる音。［～V、～とV］

(1) 年取っているので、骨が弱っていて、ぽきぽき折れる。

(2) 干しうどんをぽきぽき折って、沸騰《ふっとう》した湯に入れ、三分間ゆでる。

練習問題〔四〕―〔七〕

A　次の1から6について用いられる擬音語《ぎおん》・擬態語《ぎたい》をa～nの中から選び、その記号を（　）

の中に書きなさい。

1　はさみで連続的に切る様子《ようす》　（　　）
2　柔《やわ》らかいものを連続的に突《つ》き刺《さ》す様子《ようす》　（　　）
3　布や紙を勢いよく破る様子《ようす》　（　　）
4　破《かた》い物が連続的に折れる音　（　　）
5　物を勢いよく裂《さ》く様子《ようす》　（　　）
6　無理にしぼる様子《ようす》　（　　）

a　すぱすぱ　b　さくさく　c　ざくざく　d　ちょきちょき　e　ぐさぐさ
f　ぶすっと　g　ずぶずぶ　h　ぎゅっと　i　ぎゅうぎゅう　j　ぴりぴり
k　びりびり　l　ぱりぱり　m　ぽきぽき　n　ばりばり

B　︹　︺の中から適当なものを選びなさい。

1　先生の部屋《へや》を︹a　とんとん　b　ことこと　c　がたがた︺ノックしてみたが、返事はなかった。

2　夜中《よなか》の二時に電話が︹a　かんかん　b　ちゃらちゃら　c　りんりん︺鳴って起こされた。

3　今度の休みに、子供の頭を{a ちょきちょき / b ぽきぽき / c ざくざく}散髪《さんぱつ》してやろう。

4　別れぎわに私の手を{a ごしごし / b ぎゅっと / c ぶすっと}握《にぎ》って、「また会おう」と言った。

第五章　物の動き

〔一〕流れる音を表す言い方

1　**ちょろちょろ**　わずかな量の水が流れる様子《ようす》。「〜V、〜とV、〜する」

(1)　天然のわき水がちょろちょろ流れる。

(2)　水道の水が一晩中ちょろちょろしていた。

2　**ざあっと**　大量の水が勢いよく流れる様子《ようす》。「〜V」

(1)　風呂《ふろ》をざあっと浴びる。

(2)　空が暗くなってきたと思ったら、ざあっと夕立が降り始めた。

3　**ざあざあ**　大量の水が勢いよく流れる様子《ようす》。「〜V、〜とV」

(1)　水をざあざあ流して、風呂《ふろ》の掃除《そうじ》をする。

(2)　夏はざあざあ水浴びするのが一番だ。

4　**たらたら**　液状のものが、線のように流れ落ちる様子《ようす》。「〜V、〜とV」

(1)　じっとしていても汗《あせ》がたらたら流れてくる。

(2)　傷口からたらたらと血が流れ落ちる。

〔二〕

落ちる・ころがる音を表す言い方

1　**ぼたぼた**　水が連続的に落ちる音。［～V、～とV］

(1)　3キロも走ったので、額からぼたぼた汗がしたたり落ちる。

(2)　半紙に墨《すみ》をぼたぼた落とす。

2　**はらはら**　軽い物が連続的に散り落ちる様子《ようす》。［～V、～とV］

(1)　風で桜《さくら》の花びらがはらはら落ちる。

(2)　髪《かみ》のおくれ毛《げ》がはらはらとみだれる。

(3)　人目もかまわず、はらはらと涙《なみだ》をこぼす。

3　**ぱらぱら**　小さい物が散らばる様子《ようす》。［～V、～とV］

(1)　葱《ねぎ》を刻んで、ぱらぱらと入れる。

(2)　豆《まめ》を床にぱらぱらまく。

4　**ばらばら**　丸い物が散らばる様子《ようす》。［～V、～とV］

(1)　宝石をばらばら無造作《むぞうさ》にテーブルの上に広げる。

(2)　缶《かん》を落として、床にあめ玉がばらばらと散らばった。

5　**ひらり**　軽い物、薄《うす》い物がひるがえる様子《ようす》。［～とV］

(1)　木《こ》の葉《は》が風にひらりと舞《ま》う。

(2) カーテンがひらりとあおられる。

6　**ひらひら**　軽い物、薄《うす》い物がひるがえったり、揺《ゆ》れたりする様子《ようす》。［～V、～とV］

(1) 紙吹雪《ふぶき》がひらひら舞《ま》う。

(2) 蝶《ちょう》がひらひら舞《ま》い降《お》りる。

7　**ころり**　丸い物が一回、回転する様子《ようす》。［～とV］

(1) 小石をころりと転がす。

(2) ころりと横になって、寝入《ねい》ってしまった。

8　**ころころ**　丸い物が連続的に転がる様子《ようす》。［～V、～とV］

(1) 芋《いも》が袋《ふくろ》からころころ落ちた。

(2) テニスの球《たま》が隣《となり》のコートにころころ転がっていった。

9　**ごろごろ**　重い物が連続的に回転する様子《ようす》。［～V、～とV］

(1) 石をごろごろ転がす。

(2) とれたばかりのすいかが床にごろごろ転がしてある。

〔三〕　曲がる音を表す言い方

1　**くにゃくにゃ**　柔《やわ》らかく、折れ曲がる様子《ようす》。［～V、～とV、～する、～した、～だ、～の］

(1) 鉛《なまり》の棒はちょっと熱を加えると、くにゃくにゃ曲がるようになる。

(2) 道がくにゃくにゃ曲がりくねっている。

2　**ぐにゃぐにゃ**　柔《やわ》らかく簡単に曲がる様子《ようす》［～V、～とV、～する、～した、～だ、～の］

(1)　道がぐにゃぐにゃ曲がっていて、よく分からなかった。

(2)　帽子《ぼうし》をずっと握《にぎ》りしめていて、ぐにゃぐにゃにしてしまった。

3　**くねくね**　何回もゆるやかに曲がる様子《ようす》。［～V、～とV、～する、～した、～だ］

(1)　道がくねくね曲がりくねっている。

(2)　腰《こし》をくねくねさせてフラダンスを踊《おど》る。

4　**うねうね**　ゆるやかに蛇行《だこう》する様子《ようす》。［～V、～とV］

(1)　道がうねうねと曲がっている。

(2)　麦畑の向うが又丘《おか》続きに高くうねうねしている。

〔四〕揺《ゆ》れる音を表す言い方

1　**がたがた**　小刻みに揺《ゆ》れる様子《ようす》。［～V、～とV、～する］

(1)　地震《じしん》でビルががたがた音をたてて揺《ゆ》れた。

(2)　機械がいっせいに回り出すと、工場全体ががたがた揺《ゆ》れた。

2　**ぐらぐら**　連続的に不安定に揺《ゆ》れる様子《ようす》。［～V、～とV、～する、～だ、～の］

(1)　地震《じしん》で高層ビルがぐらぐら揺《ゆ》れる。

(2)　歯の根がぐらぐらする。

3　**ゆらゆら**　力なく、連続的に揺《ゆ》れる様子《ようす》。［～V、～とV、～する］

(1) ゆりかごに風がゆらゆら揺《ゆ》れる。

(2) 春の野にかげろうがゆらゆらとのぼる。

4 **ゆさゆさ** 重い物が、連続的にゆっくり揺《ゆ》れる様子《ようす》。［～V、～とV］

(1) 大木《たいぼく》がゆさゆさ揺《ゆ》れる。

(2) 象《ぞう》が身体をゆさゆさゆすって歩いている。

〔五〕回る音を表す言い方

1 **くるくる** 連続的に軽快に回る様子《ようす》。［～V、～とV］

(1) ジェットコースターに乗ると、くるくる目が回る。

(2) 目隠《めかく》しをした女の子のまわりを、大勢の子どもたちがくるくる回って遊んでいる。

(3) 小さい紙片をくるくると丸めてゴミ箱《ばこ》に捨てた。

2 **ぐるぐる** 連続的に回転する様子《ようす》。［～V、～とV］

(1) ジェットコースターは大勢の子供を乗せて、ぐるぐる回った。

(2) 地球は太陽のまわりをぐるぐる回っている。

〔六〕滑《すべ》る音を表す言い方

1 **するする** 滑《なめ》らかに滑《すべ》る様子《ようす》。［～V、～とV］

(1) するすると舞台《ぶたい》の幕《まく》が上がる。

2　**ずるずる**　引きずられるように滑《すべ》る様子《ようす》。［～V、～とV］

(1)　足場が悪くてずるずる滑《すべ》る。

〔七〕　上がる音を表す言い方

1　**もくもく**　煙《けむり》などが、切目なく盛《さか》んに上る様子《ようす》。［～V、～とV］

(1)　煙突《えんとつ》からもくもく煙《けむり》が出る。

練習問題〔一〕―〔四〕

｛　｝の中から適当なものを選びなさい。

1　｛a たらたら　b ざあっと　c ちょろちょろ｝水浴びをしたら、さっぱりした。

2　ひどい地震《じしん》で、家が｛a ゆらゆら　b ゆさゆさ　c ぐらぐら｝揺《ゆ》れた。

3　風が吹《ふ》いてきたら、木《こ》の葉《は》が｛a ぽたぽた　b はらはら　c ころころ｝散った。

第六章　物の様態・性質

〔一〕固さ・重さを表す言い方

1　**かちかち**　非常に硬《かた》い状態。［～にV、～だ、～の］
(1)　正月の鏡餅《かがみもち》がかちかちに固まっている。
(2)　昨日からの寒波《かんぱ》で、池がかちかちに凍《こお》ってしまった。

2　**がちがち**　非常に硬《かた》い状態。［～にV］
(1)　コンクリートは、一日おけばがちがちに固まる。
(2)　冬の間、滝《たき》はがちがちに凍《こお》ってしまう。

3　**こちこち**　元々は柔《やわ》らかい物が非常に硬《かた》くなった状態。［～にV、～だ、～の］
(1)　正月の餅《もち》も、松の内があけると、こちこちになってしまう。
(2)　そんなこちこちに固くなっていては、うまく歌えないよ。

4　**こりこり**　よく引き締《し》まった状態。［～とV、～した］
(1)　この季節は肉がこりこりとよくしまっていて大変おいしい。

(2) こりこりした歯ざわりを楽しんで食べる。

5　ごつごつ　硬《かた》い物がでこぼこしている状態。[~した、~の]

(1) 労働者の手はごつごつしている。

(2) 身体《からだ》つきがごつごつと骨ばっている。

6　ごわごわ　布などがこわばっている状態。[~になる、~する、~だ、~の]

(1) シーツに糊《のり》をつけすぎて、ごわごわしている。

(2) 長い間、表で風に吹《ふ》かれていたら、肌《はだ》がごわごわになってしまった。

7　どっしり　重々しい様子《ようす》。[~V(A)、~とV(A)、~した]

(1) 荷物がどっしり重い。

(2) どっしりした仏像《ぶつぞう》がこちらをにらんでいるような気がする。

8　がっしり　頑丈《がんじょう》な様子《ようす》。[~V、~とV、~した]

(1) がっしりした身体《からだ》つきだから、少しぐらい無理をしても大丈夫《だいじょうぶ》だろう。

(2) 横綱《よこづな》ががっしり受けとめてくれるから、安心してぶつかっていける。

9　ずっしり　重みのある様子《ようす》。[~V(A)、~とV(A)]

(1) 金貨がたくさん入っていて、袋《ふくろ》がずっしり重い。

(2) 責任は私一人にずっしりのしかかってくる。

10　ぴんと　強く張っている様子《ようす》。[~V]

(1) ぴんとたった髭《ひげ》が立派だ。

11　**ぱりぱり**　こわばって、かたくなっている様子《ようす》。［～V、～とV］

(1) 仕事着がぱりぱりと凍《こお》っていた。

〔二〕柔《やわ》らかさ・軽さを表す言い方

1　**ふんわり**　柔《やわ》らかく、ふくらんでいる様子《ようす》。［～V（A）、～とV（A）、～した］

(1) 今日《きょう》はふとんを干したので、ふんわりしている。

(2) このお菓子《かし》を上手《じょうず》につくるこつは、卵白《らんぱく》をふんわりと泡立《あわだ》てることだ。

2　**ふっくら**　柔《やわ》らかく、ふくらんでいる様子《ようす》。［～V（A）、～とV（A）、～する、～した］

(1) 少し太って、頬《ほほ》がふっくらした。

(2) ごはんをふっくら炊《た》きあげる。

3　**ぽっちゃり**　肉付きよく太っている様子《ようす》。［～V（A）、～とV（A）、～する、～した］

(1) ぽっちゃりした可愛《かわい》らしい女の子だ。

(2) 手がぽっちゃり太っていて、まるで骨がないように見える。

4　**ぶよぶよ**　だらしなく太っている（張りがない）様子《ようす》。［～V、～とV、～する、～になる、～だ、～の］

(1) 毎日食べて寝《ね》てばかりいるので、ぶよぶよ太ってみっともない。

(2) 溺《おぼ》れてからしばらく水につかったままでいると、死体がぶよぶよになる。

5　**やんわり**　もの柔《やわ》らかな様子《ようす》。［～V、～とV、～した］
(1) やんわりした手触《てざわ》りで、気持ちがいい。
(2) やんわり注意しただけだから、よくわかったかどうか怪《あや》しいものだ。

〔三〕

材質を表す言い方

1　**ごわごわ**　布などがこわばっている状態。［～する、～した、～だ、～の］
(1) この生地《きじ》はちょっとごわごわしすぎていて、あまり着心地がよくない。
(2) シャツにのりをつけすぎて、ごわごわしてしまった。

2　**さらさら**　滑《なめ》らかに乾《かわ》いている様子《ようす》。［～する、～した、～になる、～だ、～の］
(1) 毎日リンスしているので、髪《かみ》がさらさらだ。
(2) この地方の雪はさらさらしていて、スキーに最適だ。

3　**ざらざら**　滑《なめ》らかでない状態。［～する、～した、～になる、～だ、～の］
(1) ざらざらした肌触《はだざわ》りで、気色《きしょく》悪い。
(2) もっと目の粗い、ざらざらしたやすりでこすらないと駄目《だめ》だ。
(3) 細かい砂が窓から入って、畳《たたみ》がざらざらになった。

4　**すべすべ**　表面が滑《なめ》らかな様子《ようす》。［～する、～した、～になる、～だ、～の］
(1) よほど手入れしているのか、肌《はだ》のきめが細かくてすべすべだ。
(2) このすべすべの面が表だ。

5　**つるつる**　表面が滑《なめ》らかで、よく滑《すべ》る様子《ようす》。［〜する、〜した、〜になる、〜だ、〜の］
(1)　つるつるの禿頭《はげあたま》をたたく。
(2)　原石をよく磨《みが》くと、つるつるになって光り輝《かがや》くようになる。

〔四〕光・色を表す言い方

1　**きらきら**　小さい物、細かい物が断続的に光り輝《かがや》く様子《ようす》。［〜V、〜とV、〜する、〜した、〜の］
(1)　王宮の中では、シャンデリアがきらきらまばゆい光をはなっていた。
(2)　海の沖《おき》が白昼の日光を受けて、きらきらしている。

2　**ぎらぎら**　断続的に、どぎつく光り輝《かがや》く様子《ようす》。［〜V、〜とV、〜する、〜した］
(1)　魚のうろこがぎらぎら光っている。
(2)　あのぎらぎらした目付きの男がきっと犯人にちがいない。

3　**ちかちか**　鋭《するど》い光が断続的に点滅《てんめつ》する様子《ようす》。［〜する］
(1)　眩《まぶ》しくて目がちかちかする。
(2)　デジタル時計の文字《もじ》がちかちかしてきたら、電池がもうない。

4　**てかてか**　滑《なめ》らかな表面が光る様子《ようす》（安っぽくやや下品な感じ）。［〜V、〜とV、〜する、〜した、〜になる、〜だ、〜の］
(1)　ズボンがてかてか光っている。

(2) カメラでアップにすると、額のあたりがてかてかする。

5 **てらてら**　脂《あぶら》ぎって、光る様子《ようす》。［〜V、〜とV］

(1) 顔がてらてら光っていて、何ともいやらしい感じの男だ。

(2) テレビカメラの光線の加減で、顔がてらてらと光って映る。

6 **ぴかぴか**　光り輝《かがや》く様子《ようす》。［〜V、〜とV、〜する、〜した、〜になる、〜だ、〜の］

(1) 小学一年生は靴《くつ》もランドセルもみんなぴかぴかだ。

(2) 靴《くつ》をぴかぴかに磨《みが》く。

練習問題〔一〕—〔四〕

A ｛　｝の中から適当なものを選びなさい。

1 遠くの方に町が見えてきて、闇《やみ》の中に町のあかりが｛a てかてか　b きらきら　c ぴかぴか｝している。

2 ずっとワープロを打っていたので、目が疲《つか》れて｛a ちかちか　b ぎらぎら　c てらてら｝する。

3 花子さんの手は｛a ふんわり　b ふっくら　c ぶよぶよ｝していて、気持ちがいい。

B　次の1から4の（　）の中に用いられる擬《ぎ》音《おん》語・擬《ぎ》態《たい》語をa～jの中から選び、その記号を書きなさい。

1（　　）の靴《くつ》。　3（　　）の髪《かみ》。
2（　　）のだんご。　4（　　）の布。

a　こりこり　b　かちかち　c　ごつごつ　d　ごわごわ　e　ずっしり
f　きらきら　g　ちかちか　h　ぴかぴか　i　さらさら　j　ぶよぶよ

〔五〕においを表す言い方

1　**ほんのり**　かすかににおう様子《ようす》。［～V、～とV］
(1)　湯上がりの娘《むすめ》の身体《からだ》から、ほんのり石鹸《せっけん》のにおいがする。
(2)　田中さんの通《とお》ったあとは、いつもほんのり香水《こうすい》のにおいがする。

2　**ぷんぷん**　強くにおう様子《ようす》。［～V、～とV、～する］
(1)　香水《こうすい》のかおりがぷんぷん匂《にお》う。

〔六〕しめりけを表す言い方

1　**さらっと**　しめりけがなく、さわやかに乾《かわ》いている様子《ようす》。［～V、～した］
(1)　気温は高いが、湿度《しつど》が低いので、さらっとしていて気持ちがいい。
(2)　この生地《きじ》は肌《はだ》ざわりがさらっとしているので、夏服に最適だ。

2
しっとり　適度にしめりけのある様子《ようす》。[～する、～した]
(1) しっとりした潤《うるお》いのある肌《はだ》をしている。
(2) 庭の木々が朝露《あさつゆ》にしっとり濡《ぬ》れている。

3
じめじめ　過度にしめりけがあって、不快な様子《ようす》。[～する、～した]
(1) 梅雨《つゆ》にはいり、じめじめした毎日が続いている。
(2) 押《お》し入れの中は、じめじめしていて、ふとんにもかびがはえている。

4
じとじと　しめりけが多く、粘《ねば》りつくような様子《ようす》。[～とV、～にV、～する、～した]
(1) 雨はもう一週間もじとじとと降り続けていて、いつやむのか見当もつかない。
(2) ちょっと動いただけで、じとじとと汗ばんでくる。

5
じくじく　内部からしめりけがにじみ出てくる様子《ようす》。[～する、～した]
(1) このあたりは湿地《しっち》でいつもじくじくして、心持が悪い。
(2) 傷口がいつまでもじくじくしている。

6
しっぽり　すっかり湿《しめ》って、水分をたっぷり含《ふく》んでいる様子《ようす》。[～V、～とV]
(1) 雨にしっぽり濡《ぬ》れる。
(2) 庭の樹木が朝露《あさつゆ》にしっぽりと濡《ぬ》れている。

7
びっしょり　完全に濡《ぬ》れた様子《ようす》。[～V]
(1) 途中《とちゅう》で夕立にあって、びっしょり濡《ぬ》れてしまった。

(2) いまプールからでてきたところなので、まだ髪《かみ》の毛がびっしょり濡《ぬ》れている。

8 **びしょびしょ**　完全に濡《ぬ》れた様子《ようす》。［～になる、～だ］

(1) 駅から傘《かさ》もささずに走ってきたから、上着もズボンもびしょびしょだ。

(2) 風呂《ふろ》の水を出しっぱなしにしておいたので、家中びしょびしょになってしまった。

9 **ぐっしょり**　水がしたたるほど濡《ぬ》れた様子《ようす》。［～V、～とV］

(1) 身体《からだ》の芯《しん》までぐっしょり濡《ぬ》れている。

(2) 解熱剤《げねつざい》を飲んで寝《ね》たので、朝になったらぐっしょりと汗をかいていた。

10 **ぐしょぐしょ**　水がしたたるほど濡《ぬ》れた様子《ようす》。［～になる、～だ］

(1) 顔をぐしょぐしょにして、泣いている。

(2) 洗濯物《せんたくもの》はまだぐしょぐしょに濡《ぬ》れている。

〔七〕油け・粘着《ねんちゃく》性を表す言い方

1 **ねちねち**　しつこく粘《ねば》りつく様子《ようす》。［～V、～とV、～した］

(1) いくらいやだと言ってもねちねち口説《くど》かれて往生《おうじょう》する。

(2) 一晩中ねちねちと皮肉で悩まされた。

2 **ねばねば**　粘《ねば》り気《け》のある様子《ようす》。［～V、～とV、～する、～した］

(1) とりもちでねばねばしている。

(2) 里芋《さといも》がゆであがったら、ねばねばしたところがとれるまで、よく水で洗う。

3　**ねとねと**　しつこく粘《ねば》りつく様子《ようす》。[〜した]
(1) 納豆《なっとう》は、あのねとねとしたところがおいしい。
(2) この湿布《しっぷ》薬はねとねとしていて、気持ち悪いが、よく効く。

4　**ぬらぬら**　表面が光るように、ぬめりのある様子《ようす》。[〜V、〜とV、〜した]
(1) 皿《さら》をよく洗わないと、次に使うときにぬらぬらして気持ちが悪い。
(2) ずっと水をかえていないから、プールの底がぬらぬら滑《すべ》る。

5　**ぬるぬる**　ぬめりけのある様子《ようす》。[〜する、〜した]
(1) 昆布《こんぶ》はよく洗わないとぬるぬるしている。
(2) 川底がぬるぬるしている。
(3) 薬品をさわったので、指がぬるぬるする。

6　**ぬめぬめ**　ぬめりけとつやのある様子《ようす》。[〜する、〜した]
(1) 大蛇《だいじゃ》のぬめぬめした姿が藪《やぶ》の中に見えかくれする。
(2) なめくじやかたつむりなど、ぬめぬめしたものはどうも苦手《にがて》だ。

7　**べとべと**　粘《ねば》り気《け》が強い様子《ようす》。[〜V、〜とV、〜する、〜した]
(1) 水飴《みずあめ》がべとべと指にくっつく。
(2) キャラメルがべとべと歯についてとれない。

8　**べたべた**　粘《ねば》り気《け》が強い様子《ようす》。[〜V、〜とV、〜する]

(1) のりをこねた手であちこちさわったから、どこもかしこもべたべただ。

9 **どろどろ**　濃度が高く、粘《ねば》り気《け》がある様子《ようす》。［～V、～とV、～になる、～の］

(1) 噴火口《ふんかこう》からどろどろにとけたマグマが吹《ふ》き出している。

〔八〕整然としている様子《ようす》を表す言い方

1 **きちんと**　決められたとおりに整然としている様子《ようす》。［～V、～する、～した］

(1) あの人はいつもきちんとした服装《ふくそう》をしている。

(2) ここにはきちんと並《なら》んで待っていて下さい。

2 **きっちり**　過不足なく正確な様子《ようす》。［～V、～とV］

(1) 寸法《すんぽう》をきっちり測る。

(2) 銀行はきっちり三時にしまる。

3 **ぴったり**　物が合致《がっち》したり、的中したりする様子《ようす》。［～V、～とV、～する、～した、～の、～だ］

(1) この洋服は私にぴったりだ。

(2) 待ち合わせの時間ぴったりに到着《とうちゃく》する。

〔九〕雑然としている様子《ようす》を表す言い方

1 **がたがた**　秩序《ちつじょ》がなく、こわれかかっている様子《ようす》。［～だ、～する］

(1) 大陸を横断したので、車もがたがただ。
(2) ずっと忙《いそが》しくて、がたがたしていた。

2 **がちゃがちゃ**　混乱している様子《ようす》。[〜V、〜とV、〜する]
(1) 金庫の鍵《かぎ》はがちゃがちゃに壊《こわ》されていた。
(2) ひき出しの中が荒《あ》らされ、がちゃがちゃしていた。

3 **ごたごた**　雑多にまざりあっている様子《ようす》。[〜する、〜した、N]
(1) まだ引越《ひっこ》しの荷物がごたごたしていて、とても人をよべる状態ではない。
(2) 意見の収拾がつかず、ごたごたした。

4 **ごちゃごちゃ**　雑多にまざりあっている状態。[〜V、〜とV、〜になる、〜する、〜した、〜の、〜だ]
(1) 汚い字でごちゃごちゃ書いてあるから、よく読めない。
(2) 整理しないでほおっておいたので、ごちゃごちゃになってしまった。
(3) ごちゃごちゃ言わないでくれ。

5 **めちゃめちゃ**　無秩序《むちつじょ》に乱れた様子《ようす》。[〜になる、〜の、〜だ]
(1) 会場は整理がつかず、めちゃめちゃになってしまった。
(2) 正面衝突《しょうとつ》で、二台ともめちゃめちゃに壊《こわ》れた。

6 **くちゃくちゃ**　乱雑に乱れた様子《ようす》。[〜V、〜になる、〜の、〜だ]

(1) 紙をくちゃくちゃ丸めて、ポケットに入れる。

(2) スカートがくちゃくちゃでみっともない。

7 **ぐちゃぐちゃ**　つぶれたり、形が崩《くず》れたりして、乱れた様子《ようす》。〔～V、～とV、～になる、～する、～の、～だ〕

(1) すいかを落として、ぐちゃぐちゃにしてしまった。

(2) 紙が風に飛ばされて、ぐちゃぐちゃになってしまった。

8 **ばらばら**　秩序がない様子《ようす》。〔～になる、～だ、～の〕

(1) ばらばらの書類を整理する。

9 **くしゃくしゃ**　しわのある様子《ようす》。〔～になる、～だ、～の〕

(1) スカートがくしゃくしゃだ。

10 **ずるずる**　しまりのない様子《ようす》。〔～V、～とV〕

(1) 帯をずるずるとだらしなく結ぶ。

11 **だらり**　だらしなくたれ下がっている様子《ようす》。〔～V、～とV〕

(1) だらりと垂れ下がった帯が印象的だ。

練習問題〔五〕―〔九〕

A　a～dの中から適当なものを選び、その記号を（　）の中に書きなさい。

1（　　　）の引き出し　3（　　　）のシャツ

2（　　　）のズボン　4（　　　）の牛

a　くちゃくちゃ　b　ぴったり　c　べとべと　d　ごちゃごちゃ

次の1から5を表す擬《ぎ》音《おん》語・擬《ぎ》態《たい》語をa～pの中から選び、その記号を書きなさい。

1　においを表す（　　　）

2　粘《ねば》りつく様子《ようす》を表す（　　　）

3　濡《ぬ》れた状態を表す（　　　）

4　雑然としている状態を表す（　　　）

5　整然としている状態を表す（　　　）

a　さらっと　b　ごたごた　c　めちゃめちゃ　d　ねばねば　e　ぐちゃぐちゃ

f　ねちねち　g　きちんと　h　びっしょり　i　じとじと　j　ぬるぬる

k　ほんのり　l　ねとねと　m　がたがた　n　きっちり　o　びしょびしょ

p　ぐっしょり

〔一〇〕切迫《せっぱく》・急変を表す言い方

1　**ぎりぎり**　限界、極限まで努力する様子《ようす》。［～だ］

(1)　時間がぎりぎりだったので、立ち寄れなかった。

(2)　閉店ぎりぎりまでねばって値切ってきた。

2　**がらり**　状況《じょうきょう》が一変する様子《ようす》。［～V、～とV］

(1)　舞台《ぶたい》ががらりと変わった。

〔二〕寸法《すんぽう》・数量を表す言い方

1　**だぶだぶ**　衣類が大きすぎる様子《ようす》。［～する、～の、～だ］

(1)　父の上着は私にはだぶだぶだ。

2　**きちきち**　寸法《すんぽう》に余裕《よゆう》のない様子《ようす》。［～V、～の］

(1)　きちきち寸法《すんぽう》を測る。

(2)　きちきちのズボンをはいているので、おなかが一杯《いっぱい》になると苦しい。

3　**たっぷり**　［～V、～とV、～する、～した］

(1)　たっぷりした上着を着る。

(2)　とんかつにたっぷりソースをかける。

〔三〕その他

1　**ほかほか**　あたたかくて、おいしそうな様子《ようす》。［～の、～だ］

(1)　ほかほかの焼き芋《いも》をほおばる。

2　**すうすう**　空気が狭《せま》いところを通る様子《ようす》。［～する］

(1)　窓にすき間があるのか、風がすうすうする。

3

はっきり　明確な様子《ようす》。［～V、～とV、～する、～した］

(1)　はっきりした答えは来週にならないともらえない。

第七章　人の動作・人の声や音

〔一〕

歩く・走る・跳《は》ねる様子《ようす》を表す言い方

1　**すたすた**　急いで足早に歩く様子《ようす》。［～V、～とV］
(1) すたすたと振《ふ》り向きもせずに立ち去った。
(2) すたすたと軽い草履《ぞうり》の音をさせて歩いて行く。

2　**てくてく**　長距離を速度を落とさずに、わざわざ歩く様子《ようす》。［～V、～とV］
(1) ストライキで電車がとまってしまったので、会社までてくてく歩いて行った。
(2) いくら待ってもバスが来ないから、家までてくてく歩いてしまった。

3　**とぼとぼ**　勢いなく、弱々しく歩く様子《ようす》。［～V、～とV］
(1) 野良犬がおなかを空《す》かせて、とぼとぼ歩いている。
(2) 合否発表の掲示板《けいじばん》をあとに、とぼとぼ帰って行ったから、きっと不合格だったにちがいない。

4　**よちよち**　子どもがおぼつかない足取りで歩く様子《ようす》。［～V、～とV、～する］

(1) うちの子供は、まだやっとよちよち歩き始めたばかりだ。
(2) この辺は幼稚園《ようちえん》があるから、子どもがよちよち道に出てきて、あぶなくてしようがない。

5
すたこら　急いで去る様子《ようす》。［～V］
(1) 先生に見つかりそうになったので、すたこら走って逃げてきた。
(2) 犯人は逃《に》げ足がはやくて、すたこら行ってしまった。

6
ずかずか　遠慮《えんりょ》せずに入る様子《ようす》。［～V、～とV］
(1) 無遠慮《ぶえんりょ》に、土足でずかずか乗り込《こ》んできたので、あきれてしまった。
(2) 人の家にずかずか踏《ふ》み込《こ》んできて、現金から、宝石から、あらいざらい持って行った。

7
のこのこ　心構えもなく、不用意に現れる様子《ようす》。［～V、～とV］
(1) 懲《こ》りずにまたのこのこ出かけてきた。
(2) 犯人は警察が大包囲網《ほういもう》をしかけてあるところへのこのこと現れた。

8
のそのそ　ゆっくり歩き、鈍重《どんじゅう》な様《よう》子。［～V、～とV］
(1) かたつむりがのそのそと歩く。
(2) 猫が縁側《えんがわ》をのそのそ歩いている。

9
しゃなりしゃなり　気取って歩く様子《ようす》。［～V、～とV］
(1) きれいな着物を着て、しゃなりしゃなりと歩く。
(2) ファッションモデルを真似て、しゃなりしゃなりと歩いてみた。

10

とっとと　即座に、急いで歩く様子《ようす》。［～V］

(1) とっとと消えろ。

(2) 他人のことは考えずにとっとと頂上を目指して登って行く。

11

ずんずん　早い速度で、歩く様子《ようす》。［～V］

(1) ずんずん前へ前へと進む。

(2) ずんずん頂上へと登って行く。

12

どたばた　飛んだり、はねたりして暴れ回る様子《ようす》。［～V、～とV、～する、N］

(1) 二階はいつも遅《おそ》くまで大勢でどたばたして、うるさくて眠《ねむ》れない。

(2) 男の子ばかり五人もいるので、家のなかを四六《しろく》時中どたばた走り回られて落ち着かない。

13

ぴょんぴょん　連続的に身軽に飛び跳《は》ねる様子《ようす》。［～V、～とV］

(1) うさぎがぴょんぴょん飛び跳《は》ねる。

(2) 遊園地に連れて行ってやると言うと、子どもがぴょんぴょんはねて喜んだ。

15

ひらり　身軽に飛び上がる様子《ようす》。［～V、～とV］

(1) 塀《へい》から塀《へい》へひらりと飛び移る。

(2) カウボーイは、ひらりと馬に飛び乗って、荒野に消えた。

16

ちょこちょこ　たえず動きまわる様子《ようす》。［～V、～とV］

(1) 子どもがちょこちょこと歩き回るようになった。

17　**うろうろ**　目的もなく動き回る様子《ようす》。［～する］
(1) 見たことのない人が事務所の中をうろうろしている。

18　**さっさと**　余分なことをしないで、速く動く様子《ようす》。［～V、～する］
(1) 脇目《わきめ》もふらずにさっさと歩く。
(2) 自分の用が済むと、さっさと帰ってしまった。

19　**ばたばた**　忙《いそが》しく動き回って落ち着かない様子《ようす》。［～V、～とV、～する］
(1) ばたばたと廊下《ろうか》を走り回る。
(2) 忙《いそが》しくてばたばたしている。

練習問題〔一〕

｛　｝の中から適当なものを選びなさい。

1　一歳《いっさい》の誕生日《たんじょうび》を過ぎて、子供が｛a よちよち　b とぼとぼ　c てくてく｝歩き始めた。

2　中には誰《だれ》もいないと言っているのに、警察の人がずうずうしく｛a のこのこ　b すたこら　c ずかずか｝あがりこんできたのには呆《あき》れて言葉がなかった。

〔二〕

立つ・倒《たお》れる・止まる様子《ようす》を表す言い方

1　**さっと**　すばやく立ち上がる様子《ようす》。［～V］

(1)　お年寄りが地下鉄に乗ってきたので、さっと席を譲《ゆず》った。

(2)　先生の合図で全校生徒がさっと席を立って、一礼した。

2　**すっくと**　瞬間的《しゅんかん》にすばやく立ち上がる様子《ようす》。［～V］

(1)　ずっと黙《だま》っていた人が、すっくと立ち上がって意見を言った。

(2)　田中はすっくと立ち上がると、物も言わずに立ち去った。

3　**ふっと**　前触《まえぶ》れなしに、特にわけもなく止まる様子《ようす》。［～V］

(1)　前を歩いていた人がふっと立ち止まったのでびっくりした。

(2)　仕事の手を止めて、ふっと考え事をしている。

4　**ぴたっと**　それまで続いていたものが急に止まる様子《ようす》。［～V］

(1)　犬の鳴き声がぴたっと止まる。

(2)　一日六十本も吸っていたタバコをぴたっとやめた。

5　**むくむく**　柔《やわ》らかいものがふくれ上がる様子《ようす》。［～V、～とV］

(1)　春になると冬眠《とうみん》していた動物がむくむく起き上がる。

6　**ばったり**　前触《ぶ》れなく、倒《たお》れる様子《ようす》。［～V、～とV］

(1) 突然《とつぜん》目の前が暗くなって、ばったり倒《たお》れた。

〔三〕食べる・飲む・喫《す》う・吸う様子《ようす》を表す言い方

1　**がつがつ**　むさぼるように食べる様子《ようす》。［～V、～とV、～する］

(1) よほどおなかがすいていたのか、がつがつとたちまちの間に平らげてしまった。

(2) うちの犬はあさましくて、えさをやるといつでもがつがつ食べる。

2　**がりがり**　硬《かた》い物を音をたてて食べる様子《ようす》。［～V、～とV］

(1) 大根を生のままがりがりかじる。

(2) 屋根裏でねずみが何かをがりがり噛《か》んでいる音がする。

3　**こりこり**　硬《かた》い物を噛《か》む様子《ようす》。［～V、～とV、～する］

(1) 沢庵《たくあん》をこりこり噛《か》む。

(2) この漬物《つけもの》はこりこりして、歯ざわりがよい。

4　**ごりごり**　硬《かた》い物を噛《か》む様子《ようす》。［～V、～とV、～する、～だ］

(1) よく煮《に》えていない芋《いも》をごりごり噛《か》む。

(2) 何だかよくわからない植物の根をごりごり噛《か》みくだいてのみ込《こ》んだ。

5　**ぱくぱく**　口を大きく開けて、さかんに食べる様子《ようす》。［～V、～とV］

(1) 育《そだ》ち盛《ざか》りの子はぱくぱくよく食べる。

(2) そんなにぱくぱく食べていると太る。

6
もりもり　さかんに食べる様子《ようす》。［～V、～とV］
(1) 食欲の秋だから、もりもり食べましょう。
(2) どんぶり一杯《いっぱい》のごはんをもりもり平らげた。

7
ぱくり　一口で食べる様子《ようす》。［～V、～とV］
(1) あんパンをぱくりと一口で平らげる。
(2) ライオンは小動物をぱくりと食べてしまった。

8
ごくごく　液体を連続的に飲む様子《ようす》。［～V、～とV］
(1) 牛乳をごくごく飲む。
(2) 暑いので、ビールをごくごく飲む。

9
すぱすぱ　タバコを続けて吸う様子《ようす》。［～V、～とV］
(1) あんなにタバコをすぱすぱ吸っては健康に悪い。
(2) 人の顔の前でタバコをすぱすぱ吸って失礼な人だ。

10
ぷかぷか　煙《けむり》を連続的に吹《ふ》き出して、タバコを吸う様子《ようす》。［～V、～とV］
(1) 一日に百本もぷかぷかタバコをふかす。
(2) たばこをくわえたままプールにとび込《こ》み、浮《う》かび上がって煙《けむり》をぷかぷかふかしてみせた。

11
ちゅっと　口を小さくすぼめて一度に吸う様子《ようす》。［～V］
(1) 卵のからに穴をあけて、中身をちゅっと吸い出す。

(2) 包丁で切った傷をちゅっと吸う。

12 **ちゅうちゅう**　口を小さくすぼめて連続的に吸う様子《ようす》。［～V、～とV］

(1) ストローでジュースをちゅうちゅう吸う。

(2) 母乳をちゅうちゅう吸って大きくなる。

13 **もぐもぐ**　口をとじて物を噛《か》む様子《ようす》。［～V、～とV］

(1) もぐもぐ弁当を食べる。

14 **ぱりぱり**　薄《うす》いものを噛《か》みくだく様子《ようす》。［～V、～とV］

(1) 薄《うす》焼《や》き煎餅《せんべい》をぱりぱりかじる。

15 **ちびちび**　少しずつ飲む様子《ようす》。［～V、～とV］

(1) 酒をちびちび飲む。

練習問題〔二〕〔三〕

次の1から4までの様子《ようす》を表す擬《ぎ》音《おん》語・擬《ぎ》態《たい》語をa～gの中から選んで、その記号を（　）に書きなさい。

1 食べる様子《ようす》（　　）　3 噛《か》む様子《ようす》（　　）

2 飲む様子《ようす》（　　）　4 吸う様子《ようす》（　　）

a ちゅうちゅう　b ぱくぱく　c がつがつ　d もりもり　e ごくごく

f　がりがり　　g　こりこり

〔四〕 **空腹・渇《かわ》きを表す言い方**

1　**ぺこぺこ**　ひどくおなかが空《す》いている様子《ようす》。[～する、～だ]

(1) 腹がぺこぺこして、目が回る。

(2) 終戦直後は皆《みな》腹をぺこぺこさせていたものだ。

2　**ぐうぐう**　空腹で、おなかが鳴る様子《ようす》。[～V、～とV]

(1) 昨日《きのう》から何も食べていないのでおなかがぐうぐういう。

(2) 式の途中《とちゅう》で腹がぐうぐうなり出してばつが悪かった。

3　**からから**　ひどくのどが渇《かわ》いている様子《ようす》。[～になる、～だ]

(1) 砂漠《さばく》を歩いていると、のどがからからにかわく。

(2) 一日中、しゃべりどおしでのどがからからだ。

〔五〕 **激《はげ》しく息をする様子《ようす》を表す言い方**

1　**はあはあ**　口をあけて、連続的に息を吐《は》く様子《ようす》。[～V、～とV]

(1) 赤い顔をして、はあはあいいながら帰って来た。

(2) はあはあと苦しそうに息をする。

2　**ふうふう**　口をすぼめて、連続的に息を吹《ふ》く様子《ようす》。[～V、～とV]

(1) うどんは、あついのをふうふう吹《ふ》きながら食べるのが一番だ。
(2) ふうふう吹《ふ》いて風船をふくらませる。

3　ぜえぜえ　風邪《かぜ》などで、呼吸がしにくくなっている時に、無理に息を通《とお》す様子《ようす》。［～V、～とV］
(1) ずっと風邪《かぜ》でのどがぜえぜえいっている。
(2) よほど具合が悪いのか、ぜえぜえあえいでいる。

〔六〕 咳《せき》をする音を表す言い方

1　ごほん　一度大きく咳《せき》をする様子《ようす》。［～とV］
(1) 風邪《かぜ》がはやっていて、ごほんと咳《せき》をしている人が多い。
(2) 毎朝起きるとごほんと一度大きな咳《せき》をする。

〔七〕 言う・話す様子《ようす》を表す言い方

1　がやがや　大勢の人が話して何を言っているのかわからない様子《ようす》。［～V、～とV、～する］
(1) 高校生はいつもがやがや騒《さわ》ぐから困る。
(2) がやがやと高声が聞こえる。

2　がんがん　容赦《ようしゃ》なく文句を言う様子《ようす》。［～V］
(1) がんがん文句を言う。
(2) 苦情の電話が相次ぎ、がんがん怒鳴《どな》られてまいった。

3
ひそひそ　声をひそめて話す様子《ようす》。［～V、～とV、～する］
(1) ひそひそと人の噂話《うわさばなし》をする。
(2)「これは内緒《ないしょ》の話」だと言って、耳元でひそひそささやき始めた。

4
ぶつぶつ　小声で不明瞭《めいりょう》に話す様子《ようす》。［～V、～とV］
(1) ぶつぶつ経を唱える。
(2) ぶつぶつ独り言を言う。

5
ぶうぶう　盛《さか》んに文句を言う様子《ようす》。［～V、～とV］
(1) いつもぶうぶう文句ばかり言っている。
(2) 電車が三十分《さんじっぷん》も立ち往生《おうじょう》し、乗客はぶうぶう言った。

6
わいわい　大勢が大きな声で話す様子《ようす》。［～V、～とV］
(1) 友達《ともだち》どうし集まってわいわい騒《さわ》ぐ。
(2) マスコミがわいわい報道しているが、この事件の真相はさっぱりわからない。

7
べらべら　ずっとしゃべり続ける様子《ようす》。［～V、～とV］
(1) よくあのようにべらべら喋《しゃべ》るものだ。
(2) 人の家庭の事情をべらべらしゃべるのは、はしたない。

8
ぺらぺら　立て続けに話す様子《ようす》、流暢《りゅうちょう》に話す様子《ようす》。［～V、～とV、～だ、～の、～になる］
(1) あの人は十五歳《さい》までアメリカで育ったから、英語がぺらぺらだ。

(2) くだらないことばかりぺらぺらしゃべって困ったものだ。

9　**くだくだ**　まわりくどく話す様子《ようす》。［～V、～とV］

(1) くだくだといつまでも繰《く》り言《ごと》を言う。

(2) くだくだと説明するよりも、やって見せたほうがいい。

10　**くどくど**　しつこく言う様子《ようす》。［～V、～とV］

(1) あの人はくどくどと同じことを何度も言うから嫌《きら》いだ。

(2) くどくど愚痴《ぐち》を言ってもはじまらない。

11　**はっきり**　明確に話す様子《ようす》。［～V、～とV］

(1) 一言一言はっきり発音する。

12　**ぽんぽん**　連続して勢いよく話す様子《ようす》。［～V、～とV］

(1) 思ったことをぽんぽん遠慮《えんりょ》なく言う人だ。

13　**ぼそぼそ**　不明確に話す様子《ようす》。［～V、～とV、～した］

(1) ぼそぼそ喋《しゃべ》るから何を言っているのかほとんどわからない。

(2) 声を潜《ひそ》めてときどき何やらぼそぼそ喋《しゃべ》っていた。

〔八〕　笑う様子《ようす》を表す言い方

1　**けらけら**　かん高い声で、軽く笑う様子《ようす》。［～V、～とV］

(1) 年頃《としごろ》の女の子はちょっとしたことにもけらけらと笑いころげる。
(2) 田中さんは、私が真面目《まじめ》に話しているのに、けらけら笑ってばかりいて、全然とりあってくれない。

2 **げらげら**　大きな声で笑う様子《ようす》。［～V、～とV］
(1) 大きな口を開《あ》けて、げらげら笑う。
(2) 寄席《よせ》に落語をききに行ったら、あまりおかしいのでげらげら笑いどおしだった。

3 **くすっと**　声をたてずに、一回笑う様子《ようす》。［～V］
(1) 少女は小さな声で、くすっと笑った。
(2) 何もおかしくないのに、聴衆《ちょうしゅう》の一人《ひとり》がくすっと笑ったので、気になった。

4 **くすくす**　声をたてずに、連続的に笑う様子《ようす》。［～V、～とV］
(1) 朝礼で話をしている校長先生の顔にご飯つぶがついているのを見て、学生達《たち》はくすくす笑った。
(2) 人の顔を見てくすくす忍《しの》び笑いをするのは感じが悪い。

5 **くっくっ**　抑《おさ》えて笑う様子《ようす》。［～とV］
(1) 電車の中で漫画を読みながらくっくっと笑う。

6 **にこにこ**　うれしそうに連続的に笑う様子《ようす》。［～V、～とV、～する］
(1) あの人はいつでもにこにこしていて、好感が持てる。

(2) 外国語ができなくて、話が通じないので、ただにこにこ微笑《ほほえ》んでいた。

7 **にたにた** 薄気味《うすきみ》悪く、連続的に笑う様子《ようす》。[～V、～とV、～する]

(1) にたにたと笑って、何か悪いことを思いついたにちがいない。

(2) いくら詰問《きつもん》しても、にたにた笑っているだけでらちがあかない。

8 **にやにや** 心の中で思いながら、連続的に笑いを浮《う》かべる様子《ようす》。[～V、～とV、～する]

(1) 質問されても、にやにやして、何も答えない。

(2) 意味ありげににやにや薄《うす》笑いを浮《う》かべる。

9 **ころころ** 愉快《ゆかい》そうに笑う様子《ようす》。[～V、～とV]

(1) 何を言っても、ころころ笑い転げる。

〔九〕 泣く様子《ようす》を表す言い方

1 **わあわあ** 激《はげ》しく、連続的に泣く様子《ようす》。[～V、～とV]

(1) あたりもかまわず、わあわあ泣く。

(2) よほど痛いのか、大《だい》の男がわあわあ泣いている。

2 **おいおい** 大きな声をあげて、泣く様子《ようす》。[～V、～とV]

(1) おいおい泣いてばかりで、どうしたのかちっともわからない。

(2) 子供をなくして、両親ともおいおい泣いた。

3　**おんおん**　大きな声をあげて、泣く様子《ようす》。［～V、～とV］

(1)　恩人の葬式《そうしき》でおんおん号泣する。

4　**しくしく**　静かに泣く様子《ようす》。［～V、～とV］

(1)　あの女の子はおなかが痛いといって、さっきからしくしく泣いている。

(2)　迷子《まいご》になってしくしく泣いている。

5　**めそめそ**　弱々しく泣く様子《ようす》。［～V、～とV］

(1)　悲しいことがあったからといって、いつまでもめそめそしていてはいけない。

(2)　年をとって、すっかり気が弱くなったのか、ちょっとしたことでもすぐめそめそ泣き出す。

6　**わんわん**　激《はげ》しく連続的に泣く様子《ようす》。［～V、～とV］

(1)　悲しい映画を見て、わんわん泣いてしまった。

(2)　迷子《まいご》になった幼児がわんわん泣き叫んでいる。

7　**ぽろぽろ**　涙《なみだ》が一粒《ひとつぶ》、一粒《ひとつぶ》こぼれ落ちる様子《ようす》。［～V、～とV］

(1)　ぽろぽろ大粒《おおつぶ》の涙《なみだ》をこぼす。

(2)　ぽろぽろこぼれる涙《なみだ》をぬぐおうともしない。

8　**ぴいぴい**　うるさく泣く様子《ようす》。［～V、～とV］

(1)　隣《となり》の子どもにぴいぴい泣かれてうるさかった。

9　**ぼろぼろ**　球状の涙《なみだ》を連続して落とす様子《ようす》。［～V、～とV］

(1)　ぼろぼろ大粒《おおつぶ》の涙《なみだ》をこぼす。

〔ロ〕

眠《ねむ》る様子《ようす》を表す言い方

1　**ぐうぐう**　いびきをかく様子《ようす》、熟睡《じゅくすい》する様子《ようす》。［～V］

(1)　よほど疲《つか》れているのか、十時間もぐうぐう眠《ねむ》っている。

(2)　ちょっとアルコールが入っただけで、ぐうぐういびきをかいて寝《ね》てしまう。

2　**うとうと**　浅い眠《ねむ》りについている様子《ようす》。［～V、～する］

(1)　試験勉強をしていたら、ついうとうとしてしまった。

(2)　テレビを見ながら、うとうと眠《ねむ》ってしまった。

3　**うつらうつら**　半分目がさめた状態で眠《ねむ》る様子《ようす》。［～する］

(1)　あまり暖かいので、縁側《えんがわ》でうつらうつらしてしまった。

(2)　朝はしばらくベッドの中でうつらうつらしている。

4　**こっくり**　頭を上下《じょうげ》にゆさぶって眠《ねむ》る様子《ようす》。［～V、～する］

(1)　電車の中で、こっくりする。

(2)　講演を聞きながら、こっくり船を漕《こ》ぐ。

5　**すやすや**　安らかに眠《ねむ》る様子《ようす》。［～V、～とV］

(1)　生まれたばかりの赤ちゃんは、一日中すやすや眠《ねむ》っている。

(2)　ずっと泣いていたが、ようやくすやすや寝入《ねい》った。

6　**ぐっすり**　よく眠《ねむ》る様子《ようす》。［～V、～とV］
(1) 仕事が忙《いそが》しくて、ずっと徹夜《てつや》だったが、昨日《きのう》は久しぶりにぐっすり眠《ねむ》った。
(2) ぐっすり眠《ねむ》っていて、どろぼうに入《はい》られたのに気がつかなかった。

〔二〕その他

1　**ぱちぱち**　かたいものを連続的に打ち合わせる様子《ようす》。［～V、～とV］
(1) 演奏が終わると観客はぱちぱちと拍手《はくしゅ》した。
(2) 帳場でぱちぱちと算盤《そろばん》を弾《はじ》く。

2　**ぴくぴく**　神経質に小刻みに動かす様子《ようす》。［～V、～とV］
(1) まぶたをぴくぴく動かす。
(2) 鼻の上にぴくぴくしわを寄せる。

3　**ごそごそ**　にぶい音をさせて動く様子《ようす》。［～V、～とV］
(1) 夜中《よなか》にごそごそ台所で食べ物を探す。

4　**ぶるぶる**　小刻みにふるえる様子《ようす》。［～V、～とV］
(1) 寒くてぶるぶるふるえる。
(2) 緊張《きんちょう》のあまり、手がぶるぶるふるえた。

5　**じゃぶじゃぶ**　水を勢いよく揺《ゆ》らしたり、動かしたりする様子《ようす》。［～V］
(1) 合成繊維《せんい》は家でじゃぶじゃぶ洗えるのがいい。

練習問題〔四―二〕

A　次の1から6の様子《ようす》・状態を表す擬音《ぎおん》語・擬態《ぎたい》語をa～tの中から選び、その記号を（　）の中に書きなさい。

1　おなかが空《す》いている（　）　　4　笑う（　）
2　咳《せき》をする（　）　　5　泣く（　）
3　文句を言う（　）　　6　眠《ねむ》る（　）

a　わんわん　b　ぺこぺこ　c　けらけら　d　しくしく　e　すやすや
f　ごほん　g　にたにた　h　がんがん　i　くすくす　j　にこにこ
k　おんおん　l　ぶうぶう　m　げらげら　n　こっくり　o　うとうと
p　くすっと　q　わあわあ　r　ぐっすり　s　めそめそ　t　ぴいぴい

B　（　）の中から適当なものを選びなさい。

1　空気が乾燥《かんそう》していて、のどが（a ぐうぐう　b ぺこぺこ　c からから）だ。

2　（a ぜえぜえ　b ふうふう　c はあはあ）息をしているから、気管支炎《きかんしえん》にちがいない。

3　絶対に秘密だと言っておいたのに、花子ときたら{a ひそひそ　b べらべら　c わいわい}人にしゃべって、困ったものだ。

4　いつも{a にこにこ　b にたにた　c げらげら}笑っていて、感じが悪いこと、このうえない。

第八章 人の身体的特徴《とくちょう》

1 **すんなり** まっすぐのびて、格好《かっこう》がいい様子《ようす》。「～V、～とV、～した」

(1) すんなり足が伸《の》びていて、スタイルがいい。

(2) すんなりした、姿のいい人だ。

2 **なよなよ** しなやかで、弱々しい様子《ようす》。「～する、～した」

(1) あんななよなよした女が好みだったとは知らなかった。

(2) あんななよなよした身体《からだ》つきでは、重い荷物は持てないだろう。

3 **がっしり** しっかりした構造で、頑丈《がんじょう》そうな様子《ようす》。「～V、～とV、～する、～した」

(1) 水泳で鍛《きた》えているので、がっしりした身体《からだ》つきだ。

(2) あの人は見かけはがっしりしているが、実際のところはわかったものではない。

4 **ごつごつ** でこぼこしていて、滑《なめ》らかでない様子《ようす》。「～する、～した」

(1) 肉体労働に従事している人の手はごつごつしている。

(2) ごつごつした骨ばった身体《からだ》をしている。

5 **どっしり** 重々しい様子《ようす》。「～した」

(1) 関取はどっしりした体格だ。
(2) バーベルを毎日持ち上げて鍛《きた》えた結果、どっしりした身体《からだ》つきになった。

6 **ぶくぶく**　脂肪《しぼう》や水分がつきすぎて、あるいは衣服を着込《きこ》んでふくらんでいる様子《ようす》。「～V、～とV、～する、～した」
(1) 食べてばかりいて、何も運動をしないからぶくぶく太ってしまった。
(2) 寒さに備えて、たくさん着込《きこ》んだので、ぶくぶくしている。
(3) 身体《からだ》がぶくぶくむくんでいる。

7 **へなへな**　弱々しくて、抵抗する力もなさそうな様子《ようす》。「～V、～とV、～する、～した」
(1) 試合が始まって五分とたたないうちに、パンチを受けて、リングにへなへなとすわり込《こ》んでしまった。
(2) あんなへなへなした走りでは、とても完走はできないだろう。

8 **すくすく**　順調に育つ様子《ようす》。「～V、～とV」
(1) 病気一つせずにすくすく成長する。

9 **ぴちぴち**　若い人が元気一杯《いっぱい》の様子《ようす》。「～する、～した、～の」
(1) 若くてぴちぴちしている。

10 **ころころ**　丸く太った様子《ようす》。「～V、～とV、～する、～した」
(1) ころころと太った犬が、飼《か》い主に連れられて、散歩している。

11

よぼよぼ　老《お》い衰《おとろ》え、体力のない様子《ようす》。［～になる、～だ、～の］

(1)　よぼよぼの老人が大通りを一人《ひとり》で渡《わた》ろうとしていたので手を貸した。

第九章　人の健康状態

1　**ふらふら**　勢いがなく、まっすぐ立っていられない様子《ようす》。［〜V、〜とV、〜になる、〜する、〜だ、〜の］

(1)　炎天下《えんてんか》で運動していたら、ふらふらになってしまった。

(2)　ふらふらと目まいがする。

(3)　疲《つか》れてふらふらになるまで、練習した。

2　**ぴんぴん**　元気な様子《ようす》。［〜する、〜だ］

(1)　病気はすっかりよくなって、もうぴんぴんしている。

(2)　あの人は九十歳《きゅうじっさい》というのにぴんぴんだ。

3　**よろよろ**　体力が衰《おとろ》えて、身体《からだ》が不安定な様子《ようす》。［〜する］

(1)　年をとって、よろよろしている。

(2)　病み上がりなので、立ち上がるとよろよろする。

4　**がんがん**　頭が連続的に打たれるように痛む様子《ようす》。［〜V（A）、〜とV（A）、〜する］

(1)　頭が金輪《かなわ》をはめられたようにがんがん痛む。

(2) 頭がしょっちゅうがんがん痛むのなら、一度医者に診《み》てもらったほうがいい。

5 **くらくら**　めまいがする様子《ようす》。[～V、～とV、～する]

(1) 急にひなたに出ると、頭がくらくらする。

(2) 電車のなかで、急にくらくらしてしゃがみこんでしまった。

6 **ずきずき**　間断《かんだん》なく強く痛む様子《ようす》。[～V、～とV、～する]

(1) 包丁で切った傷がずきずき痛む。

(2) 頭がたえがたいほど重くなってずきずきうずき出す。

(3) 飲み過ぎでずきずきする頭を冷やす。

7 **どきどき**　激《はげ》しい動悸《どうき》がする様子《ようす》。[～V、～とV、～する、～だ]

(1) 発作《ほっさ》がおこると、心臓がどきどき高鳴る。

(2) 自分の発表の番が近づくにつれて、胸がどきどきしてきた。

8 **むかむか**　吐《は》き気《け》がする様子《ようす》。[～する]

(1) 食べ過ぎたのか、胸がむかむかする。

(2) つわりの時は食べ物のにおいをかいだだけでむかむかしてくる。

9 **きりきり**　きりをもまれるように痛む様子《ようす》。[～V、～とV、～する]

(1) 胃けいれんで、腹がきりきり痛む。

(2) 突然《とつぜん》きりきりとさし込《こ》んできて、道端《みちばた》にうずくまってしまった。

10 **しくしく**　鈍《にぶ》い痛みのする様子《ようす》。［～V、～とV］
(1) 昨日《きのう》食べ過ぎたせいか、腹がしくしく痛む。
(2) 冷たい物を飲むと歯がしくしくと痛む。

11 **ひりひり**　皮膚《ひふ》や粘膜《ねんまく》が何かに刺激《しげき》されて痛む様子《ようす》。［～V、～とV、～する］
(1) 風邪《かぜ》をひいたのか喉《のど》がひりひり痛い。
(2) 急に肌《はだ》を焼くと、あとでひりひりしてつらい。

12 **しょぼしょぼ**　目が疲《つか》れて、あけていられない様子《ようす》。［～する］
(1) 長時間小さな字を見ていると、目がしょぼしょぼしている。

13 **ぞくぞく**　寒気《さむけ》のする様子《ようす》。［～V、～とV、～する］
(1) ぞくぞくと身体《からだ》が冷える。
(2) 風邪《かぜ》をひいたのか身体《からだ》がぞくぞくする。

14 **へとへと**　疲《つか》れ切っている様子《ようす》。［～になる、～だ、～の］
(1) 役所から帰ってきた時はへとへとになっている。

15 **すっきり**　具合の悪いところがなく、気持のよい様子《ようす》。［～する］
(1) 昨日《きのう》は一日頭が痛かったが、今日《きょう》はすっきりした。

練習問題

｛　｝の中から適当なものを選びなさい。

田中　どうしたんですか。顔色が悪いですよ。

山本　頭が｛a しくしく　b ひりひり　c がんがん｝痛むんです。それに、何だか｛a きりきり　b むかむか　c ぴんぴん｝して、気持ちが悪いし……。

田中　それはいけませんね。

山本　これから病院に行こうと思っているところです。

田中　そんなに｛a ふらふら　b くらくら　c どきどき｝していては、一人《ひとり》では無理ですよ。私が一緒《いっしょ》に行ってあげましょう。

山本　すみません。お願いします。

第一〇章 人がいる・いない様子《ようす》

1 **がやがや** 人が大勢いて騒《さわ》がしい様子《ようす》。［～V、～とV、～する］
(1) 朝から報道人が集まってきて、病室の外はがやがやしている。
(2) 教室の方が何やらがやがやしている。

2 **どやどや** 人が大勢騒《さわ》がしく出入りする様子《ようす》。［～V、～とV］
(1) 土足でどやどやと大勢上がり込《こ》んできた。
(2) ストライキ中の労働者がどやどや団体交渉の行われる部屋《へや》に入ってきた。

3 **どたばた** 騒《さわ》がしくとんだり、跳《は》ねたりする様子《ようす》。［～V、～とV、～する、N］
(1) 準備が充分《じゅうぶん》でなかったので、スタジオの中をスタッフがどたばた走り回った。
(2) 小学校低学年の教室はいつでもどたばたしていて、落ちつかない。

4 **しいんと** 誰《だれ》もいないで、静まりかえっている様子《ようす》。［～V、～する］
(1) 日曜の朝の都心部は人っこ一人《ひとり》見られず、しいんとしている。
(2) 森の中に入ると、小鳥の声もだんだん聞こえなくなって、あたりがしいんとしてきた。

5 **ひっそり** 人がいる気配《けはい》がなく、静かな様子《ようす》。［～V、～とV、～する、～した］

(1) 参列者の数も少なく、ひっそりした野辺《のべ》送《おく》りだった。

(2) 九月も半ばになると、避暑地《ひしょち》はひっそりとしたたたずまいに戻《もど》る。

第二章　人の様子《ようす》・心情・感覚など

〔一〕 人の性格を表す言い方

1　**あっさり**　しつこくない性格。［～する、～した］

(1)　あの人はあっさりした性格だから、そんなつまらないことにはこだわらないだろう。

(2)　もっとあっさりした考え方をする方がストレスがたまらなくてよい。

2　**おっとり**　細かいことにこだわらず、おうような性格。［～V、～とV、～する、～した］

(1)　育ちがよくて、おっとりしている。

(2)　いつもおっとりかまえている。

3　**さっぱり**　物事にこだわらない性格。［～する、～した］

(1)　先生はよく怒鳴《どな》るが、さっぱりした性格だから、すぐ忘れてしまう。

(2)　これまでのことは忘れて、さっぱりした気持ちになった。

4　**さらりと**　淡泊《たんぱく》で、物事にこだわらない性格。［～V、～する、～した］

(1)　誤解がとけたので、さらりと仲直りした。

(2) あの二人《ふたり》はさらりとした交際を続けている。

5　**のんびり**　心がのどかで、あわてない様子《ようす》。〔~V、~とV、~する、~した〕

(1) あんなにのんびりしていては、人にいいように利用されてしまう。

(2) 退職後はのんびりと生活したい。

6　**はきはき**　態度が明瞭《めいりょう》な様子《ようす》。〔~V、~とV、~する、~した〕

(1) はきはきと質問に答える。

(2) はきはきしていて、気持ちのいい子だ。

7　**べったり**　一つの思想や考え方を信じ込《こ》んでいる様子《ようす》。〔~V、~とV、~だ、~の〕

(1) 体制べったりの人だから、信用できない。

〔二〕　気持ちの高揚《こうよう》・充足《じゅうそく》を表す言い方

1　**いそいそ**　心が高揚《こうよう》している様子《ようす》。〔~V、~とV、~した〕

(1) 花子に誘《さそ》われて、太郎はいそいそ出かけて行った。

(2) 久しぶりで田舎《いなか》に帰るので、三日《みっか》も前からいそいそしている。

2　**うきうき**　うれしいこと、楽しいことがあって、気持ちが高ぶっている様子《ようす》。〔~V、~とV、~する、~した〕

(1) 大学の入学試験に合格し、うきうきした気分だ。

(2) 天気がいいと、何となくうきうきと外に出たくなる。

3
すかっと　気分が爽快《そうかい》な様子《ようす》。［〜する、〜した］
(1) すかっと爽《さわ》やかな飲物を飲んで、気分がよくなった。
(2) 期末試験も終わり、すかっとした気分だ。

4
ほくほく　よいことがあって、相好《そうごう》を崩《くず》す様子《ようす》。［〜する、〜した］
(1) 株で儲《もう》けてほくほくしている。
(2) 無理だと言われていた志望校に合格し、ほくほくしている。

5
わくわく　期待で気持ちが高揚《こうよう》している様子《ようす》。［〜する、〜した］
(1) 長い間楽しみにしていたコンサートに行くのでわくわくしている。
(2) 夏休みがくるのを胸をわくわくさせて、待っていた。

6
しんみり　心静かに身にしみて何かを感じている様子《ようす》。［〜V、〜とV、〜する、〜した］
(1) 通夜《つや》の席では、故人を偲《しの》んでみんなしんみりしていた。
(2) 苦労話をしんみりと語り合う。

7
ひしひし　何かが迫《せま》ってくるように強く感じる様子《ようす》。［〜V、〜とV］
(1) 責任をひしひしと痛感する。
(2) 映画のラストシーンは緊迫感《きんぱくかん》がひしひしと感じられる場面だった。

8
ほっと　心配ごとが解決して、安心する様子《ようす》。［〜V、〜する、〜した］
(1) 大役《たいやく》を無事に済ませて、ほっとした気持ちだ。

(2) 重要な任務を終え、ほっと一息つく。

9 **ぞくぞく**　ふるえがくるほど興奮《こうふん》する様子《ようす》。［～V、～とV、～する］

(1) 心がぞくぞくおどり立つ。

(2) 話を聞いただけでもぞくぞくするほど映画が好きだ。

練習問題〔一〕〔二〕

次の｛　｝の中から適当なものを選びなさい。

1 まさかあたると思っていなかった宝くじがあたり、｛a ほくほく　b しんみり　c ほっと｝している。

2 新婦《しんぷ》は｛a のんびり　b おっとり　c あっさり｝した、おうような性格で、深窓の令嬢《れいじょう》というのを絵に描《か》いたような人だ。

〔三〕

不注意・失望を表す言い方

1 **うかうか**　油断して、思慮《しりょ》の足りない様子《ようす》。［～V、～とV、～する］

(1) うかうかしているうちに、締切《しめきり》日《び》に遅《おく》れてしまった。

(2) うかうかと判を押《お》せない。

2　**うっかり**　注意が足りない様子《ようす》。［～V、～する］

(1)　うっかりして、書類を持って来るのを忘れてしまった。

(2)　ついうっかり家宝の茶碗《ちゃわん》をとり落してしまった。

3　**ぼんやり**　物事に集中していない様子《ようす》。［～V、～とV、～する］

(1)　ぼんやりしていたら、乗り過ごしてしまった。

(2)　何もすることがなくて、ただぼんやり窓の外を見ていた。

4　**うんざり**　同じことが続いて、もういやになっている様子《ようす》。［～する、～だ］

(1)　ちっとも仕事が片付かなくて、もううんざりだ。

(2)　毎日毎日同じことの繰《く》り返しでうんざりする。

5　**がっくり**　急に衰《おと》える様子《ようす》。［～する］

(1)　あの人は子どもをなくして、がっくりしている。

(2)　絶対大丈夫《だいじょうぶ》だと思っていた試験に落ちたのだから、がっくりするのも無理はない。

6　**しょんぼり**　寂《さび》しそうで、元気のない様子《ようす》。［～V、～とV、～する］

(1)　先生に叱《しか》られてしょんぼりしている。

(2)　橋の上にしょんぼり立って、水の流れを見ている。

〔四〕　不安・心配・小心を表す言い方

1　**あたふた**　あわてて何かをする様子《ようす》。［～V、～とV、～する］

(1) 心の準備が出来ていなかったので、知らせを聞いてあたふたした。
(2) 寝坊《ねぼう》してしまい、顔を洗うのもそこそこにあたふたと出かけた。

2 **おずおず**　ためらいがちな様子《ようす》。[~V、~とV]
(1) 子供たちはおずおずと屠殺場《とさつじょう》をのぞいていた。
(2) 一人《ひとり》が手をあげると、そのあとから、おずおずと大勢がついていった。

3 **おどおど**　おびえている様子《ようす》。[~V、~とV、~する、~した]
(1) 叱《しか》られるのを恐れて、いつも何かおどおどしている。
(2) 詰問《きつもん》されて、おどおどと弁解する。

4 **おろおろ**　うろたえる様子《ようす》。[~V、~する]
(1) 僕《ぼく》がおろおろしているところへ兄夫婦が出てきた。
(2) 涙《なみだ》をおろおろ落とす。

5 **おたおた**　動転してあわてる様子《ようす》。[~する]
(1) 公式の席へ出ても、おたおたしてはいけない。
(2) はじめての茶席でおたおたして、点前《てまえ》の順序を間違《まちが》えてしまった。

6 **おちおち**　落ちつかない様子《ようす》。[~V、~とV、~する（否定）]
(1) 敵が攻撃《こうげき》をしかけてきたからには、おちおちしてはいられない。
(2) 娘《むすめ》のことが心配で、おちおち眠《ねむ》れない。

(3) 緊張《きんちょう》して、おちおちのどへ通らない。

7　**いじいじ**　自分の弱点を意識しすぎて、いじける様子《ようす》。［～V、～とV、～する］

(1) 陰気でいじいじした性格だと人から好かれない。

(2) 自分は容貌《ようぼう》が悪いと思い込《こ》んでいじいじしてばかりいる。

8　**うじうじ**　決断がにぶく、ためらいがちな様子《ようす》。［～V、～とV、～する、～した］

(1) うじうじ煮《に》えきらない態度で困ったものだ。

(2) いつまでもうじうじしていないで、もっと積極的に人に話しかけたほうがいい。

9　**かりかり**　神経質な様子《ようす》。［～する、～した］

(1) 本番が近づくと、出演者はみんなかりかりしてくる。

(2) あんなにいつもかりかりしていては、胃が悪くなるのではないだろうか。

10　**くよくよ**　小さなことにこだわり、気に病んでいる様子《ようす》。［～V、～とV、～する］

(1) すんでしまったことを今更《いまさら》くよくよしてもしかたない。

(2) くよくよしている間に、善後策を考えたらどうか。

11　**びくびく**　不安に思っている様子《ようす》。［～する］

(1) 戸のなるたびにびくびくする。

(2) 師匠《ししょう》が恐くてびくびくする。

12　**はらはら**　心配《しんぱい》で気をもんでいる様子《ようす》。［～する］

(1) あの人は無謀《むぼう》なことばかりして、見ている方がはらはらする。
(2) 免許取り立ての人の車に乗せてもらったが、はらはらしどおしだった。

13 **ひやひや**　恐怖《きょうふ》や危険《きけん》を感じる様子《ようす》。［～する］
(1) どうなることかとひやひやした。

〔五〕 不愉快《ふゆかい》・いらだち・疲労《ひろう》を表す言い方

1 **いらいら**　腹立たしくて、落ちつかない様子《ようす》。［～V、～とV、～する、～した、N］
(1) 犬が地震《じしん》を恐れていらいら歩きまわっている。
(2) あまり愚図《ぐず》なのでいらいらした。

2 **ねちねち**　くどく、しつこい様子《ようす》。［～V、～とV、～した］
(1) 一晩中、ねちねち皮肉を言われた。
(2) あの人はねちねちした性格だから、みんなに嫌《きら》われる。

3 **ぴりぴり**　きわめて神経質になっている様子《ようす》。［～V、～とV、～する］
(1) あの人の甲高《かんだか》い声は神経にぴりぴり触《ふ》れる。
(2) 要人が大勢東京入りし、警備の警察官はぴりぴりしている。

4 **むかむか**　吐《は》き気《け》がするほど不愉快《ゆかい》な様子《ようす》。［～する］
(1) あいつの顔をみただけでむかむかしてくる。
(2) 昼に食べたかきにあたったのか、何だかむかむかする。

5
むずむず　何かしたいことがあるのにできなくて、歯がゆい様子《ようす》。［～する］
(1) 一言意見を言いたくて、さっきからむずむずしている。
(2) はやく自分の出番《でばん》が来ないかとむずむずする。

6
むっと　怒《いか》りを感じ、不愉快《ふゆかい》な様子《ようす》。［～する、～した］
(1) 痛いところを突《つ》かれて、むっとしたような顔をした。
(2) あの人はいちいち気にさわることを言うからむっとする。

7
ぶつぶつ　不満をもらす様子《ようす》。［～V、～とV］
(1) ぶつぶつ文句ばかり言って、改善策をたてようとしない。
(2) 後からぶつぶつ言うくらいなら、始めからはっきり反対意見を述べた方がよい。

8
ぶすっと　不満を抱いて、黙《だま》っている様子《ようす》。［～する、～した］
(1) 寝入《ねい》りばなに起こされてぶすっとした顔をしている。
(2) 何か気に入らないことがあるのなら、ぶすっとしていないではっきり言ったほうがいい。

9
むすっと　不機嫌《ふきげん》で、話をしない様子《ようす》。［～する、～した］
(1) 嫌《いや》なことを聞かれて、むすっとする。
(2) 朝から晩までむすっとしている。

10
ぐったり　元気のない様子《ようす》。［～V、～する、～した］
(1) 30度を越《こ》す日が何日も続き、ぐったりしている。

(2) 熱が高く、ぐったりしているから心配《しんぱい》だ。

11 **げんなり**　いやになっている様子《ようす》。［～する、～した、～だ］

(1) 毎日同じものばかり食べさせられて、げんなりだ。

(2) あまりの酷暑《こくしょ》に町を歩いている人はみなげんなりした顔をしている。

12 **だらだら**　だらしなくしている様子《ようす》。［～V、～とV、～する］

(1) 暑いせいか、学生がだらだらしていて、勉強にならない。

13 **どっと**　一気に。［～V］

(1) お客が帰ってからどっと疲《つか》れが出た。

14 **ぷんぷん**　はげしく立腹している様子《ようす》。［～V、～とV、～する］

(1) ぷんぷん怒《おこ》っていて、取り付くしまもない。

〔六〕覚醒《かくせい》・放心を表す言い方

1 **はっと**　思いがけずびっくりして驚《おどろ》く様子《ようす》。［～V、～する］

(1) 人混《ひとご》みの中で突然《とつぜん》声をかけられてはっとする。

(2) はっとするような赤のワンピースを着る。

2 **ふっと**　突然《とつぜん》理由もなく何かがおこる様子《ようす》。［～V］

(1) 格別の理由はないが、ふっとそんな気がした。

(2) ふっと我に返って時計を見ると、もう六時をまわっていた。

3 **ぼんやり**　物事に集中しない様子《ようす》。［〜V、〜とV、〜する］

(1) 日がな一日ぼんやり外をみて過ごした。

(2) ぼんやりしていると、車にひかれる。

4 **ぼやぼや**　注意力が散漫《さんまん》な様子《ようす》。［〜する］

(1) ぼやぼやしていると、時代に取り残される。

(2) ぼやぼやしないで、一生懸命《けんめい》やりなさい。

〔七〕

人の動く様子《ようす》を表す言い方

1 **うろちょろ**　落ち着きなく動き回る様子《ようす》。［〜V、〜する］

(1) 赤《あか》ん坊《ぼう》がうろちょろしていて、落ち着かない。

(2) 台所をうろちょろ走り回っていると危ない。

2 **きっぱり**　断固とした態度をとる様子《ようす》。［〜V、〜とV、〜する、〜した］

(1) いやなことは、きっぱりと断ったほうがいい。

(2) きっぱりした態度で、反対意見を述べる。

3 **こそこそ**　人目をはばかって、ひそかにする様子《ようす》。［〜V、〜する］

(1) こそこそ逃《に》げ隠《かく》れしてはいけない。

(2) こそこそ人の家に泥棒《どろぼう》に入る。

4
こっそり　ひそかに行動する様子《ようす》。［~V、~とV］
(1) こっそり別れた子どもに会う。
(2) こっそり受け取った金が表沙汰《おもてざた》になって、大騒《おおさわ》ぎがおこった。

5
こつこつ　絶えず努力する様子《ようす》。［~V、~とV］
(1) こつこつ金を貯《た》めて、外国旅行をする。
(2) 一生こつこつ働いても、家一軒《いっけん》持てないのは、政府の無策だ。

6
さっと　すばやく行動する様子《ようす》。［~V］
(1) さっと立ち上がって、席を譲《ゆず》る。
(2) 警察の人が来たら、さっと顔色が変わった。

7
さっぱり　こだわりのない様子《ようす》。［~V、~とV、~する、~した］
(1) あの人のことはきれいさっぱり忘れることにした。
(2) 物事にこだわらないさっぱりした性格の人だから、つきあいやすい。

8
せっせと　一生懸命《けんめい》、たゆみなく仕事をする様子《ようす》。［~V］
(1) せっせと掃除《そうじ》に精を出す。
(2) せっせと金を貯《た》める。

9
そっと　静かに行動する様子《ようす》。［~V、~する］
(1) 子どもが寝入《ねい》ったので、起こさないようにそっと部屋《へや》を出た。

(2)　ショックを受けているから、今はそっとしておいた方がいい。

10　**ちゃんと**　乱れなく、基準にあわせて確実に行動する様子《ようす》。［～V、～する、～した］

(1)　するべきことをちゃんとしてから遊びに出かける。

(2)　ちゃんと列をつくってお待ち下さい。

11　**てきぱき**　段取りよく行動する様子《ようす》。［～V、～とV、～する、～した］

(1)　朝からてきぱきと仕事を片付ける。

(2)　てきぱきした、有能な人だ。

12　**のろのろ**　非常に遅《おそ》く行動する様子《ようす》。［～V、～とV、～する、～した］

(1)　前の人がのろのろしていたので、切符《きっぷ》がなかなか買えなかった。

(2)　畑で牛がのろのろしている。

13　**ばりばり**　勢力的に行動する様子《ようす》。［～V、～とV］

(1)　六十歳《ろくじっさい》を過ぎても、ばりばり働く。

(2)　ばりばり研究して、成果をあげる。

14　**まごまご**　様子《ようす》がわからず、無駄《むだ》なことをしてしまう様子《ようす》。［～する］

(1)　不慣れなのでまごまごしてしまった。

(2)　まごまごしていると、電車に乗り遅《おく》れる

15　**ぼつぼつ**　少しずつ行動する様子《ようす》。［～V］

(1) ぼつぼつ出かけよう

(2) 帰国して一ヵ月になるので、ぼつぼつ仕事をさがそうと考えている。

〔八〕

程度を表す言い方

1 **めきめき**　著しく向上する様子《ようす》。［〜V、〜とV］

(1) めきめき上達する。

(2) 金さんは最近めきめき力をつけてきたから、大学院合格は間違《まちが》いない。

2 **ぐっと**　一気に変化する様子《ようす》。［〜V］

(1) ちょっと会わない間にぐっと大人《おとな》っぽくなった。

3 **ぐんぐん**　めざましく進展する様子《ようす》。［〜V、〜とV］

(1) 練習のかいがあって、ぐんぐん上達する。

4 **ぐんと**　一気に変化する様子《ようす》。［〜V］

(1) 一年の間にぐんと身長が伸《の》びた。

練習問題〔三〕―〔八〕

A 次の1から7までの様子《ようす》・心情・感覚をあらわす擬《ぎ》音《おん》語・擬《ぎ》態《たい》語をa〜oの中から選びなさい。

1 人の性格（　）　3 不注意（　）

2 気持ちの高揚《こうよう》・充足《じゅうそく》（　）　4 失望（　）

5 不安・心配《しんぱい》（　　）　7 放心（　　）
6 不愉快《ゆかい》・いらだち（　　）

a うっかり　b おちおち　c おずおず　d うかうか　e ぼやぼや
f ほくほく　g あっさり　h ぼんやり　i いらいら　j おたおた
k わくわく　l こっそり　m がっくり　n いじいじ　o さっぱり

B 次の｛　｝の中から適当なものを選びなさい。

1 あの人の性格は、｛a きっぱり　b さっぱり　c ぐったり｝している。

2 もっと｛a てきぱき　b あたふた　c うろちょろ｝仕事をしないと、夕方までには終わりませんよ。

3 試験がよくできなかったからといって、いつまでも｛a うかうか　b だらだら　c くよくよ｝していても仕方がないですよ。

4 毎日雨ばかり続いてもう｛a しょんぼり　b げんなり　c うんざり｝だ。

5

a　そっと
b　せっせと
c　ぶすっと

片付ければ、すぐ終わりますよ。

第三章　総合問題

総合問題を利用するにあたっての注意

この総合問題は、日本語の擬音《ぎおん》語・擬態《ぎたい》語の諸特徴《しょとくちょう》にできるだけ習熟してもらうことを目的としているので、本文で取り上げなかった擬音《ぎおん》語・擬態《ぎたい》語も問題として含《ふく》まれている。また、擬音《ぎおん》語・擬《ぎ》態《たい》語に関連した感動詞や副詞、それにいわゆる畳語《じょうご》（たとえば、村々、軽々、おのおの）などが取り上げられることもある。

さらに、語形の点から標準日本語にはない（と思われる）畳語《じょうご》などを選択肢《せんたくし》などに加えて問題としている。これは、擬音《ぎおん》語・擬態《ぎたい》語の臨時的創作性などを考慮《こうりょ》してのことである。

そこで、総合問題にありながら、本文で取り上げなかった擬音《ぎおん》語・擬態《ぎたい》語についても索引《さくいん》で取り上げ、標準日本語に存在しない（と思われる）語については、▲を付けることにした。

一

1　次のa〜dのうち、表紙の絵に一番ふさわしい言葉の使い方はどれですか。

a

b

c

d

（志木市・志木市青少年問題協議会「昭和63年度「あかるい家庭」作文集」表紙）

2　（　　）に入る適当な語をａ、ｂ、ｃの中から選びなさい。

6月5日金曜日　くもり
おかあさんがえんぴつをてんぷらにしました。
おとうさんは「うまいうまい」といって（　　）食べました。

ａ　ばらばら　　ｂ　ぱちぱち
ｃ　ばりばり

（矢玉四郎『はれときどきぶた』）

3　絵にそえられた、a、b、cの中から適当な語を選びなさい。

6月7日日曜日
はれときどきぶた
きょうの天気は
はじめははれていま
したが、ごごから
ぶたがふりま
した。
みんなでだんご
を食べたとき
おかあさんの
のどにだんごが

つまりました。
くびをひぱった
ら、おかあさん
のくびが
長くのびてしま
いました。

（矢玉四郎『はれときどきぶた』）

二 次の絵の様子《ようす》にふさわしい擬《ぎ》音《おん》語・擬《ぎ》態《たい》語などをa～oの中から選びなさい。

1（　　）

2（　　）

3（　　）

4（　　）

5（　　）

6（　　）

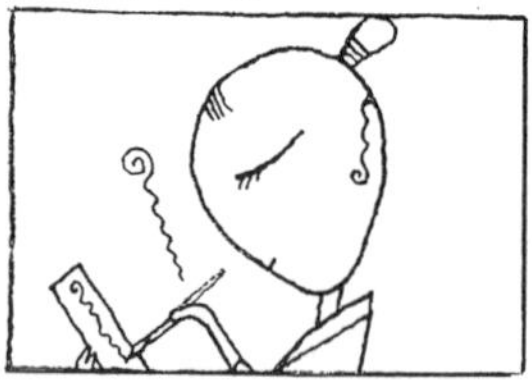

7（　　）

8（　　）

9（　　）

10（　　）

11（　　）

12（　　）

13（　　）

14（　　）

15（　　）

a いらいら　b うろうろ　c おろおろ　d さらさら　e しみじみ

f すらすら　g せかせか　h そわそわ　i にやにや　j のそのそ

k ひそひそ　l むかむか　m めそめそ　n らくらく　o わくわく

（五味太郎「日本語探険隊」『朝日新聞』「'89新年特集・日本語」）

三　次は「かさねことばかるた」（五味太郎《ごみたろう》「日本語探検隊」『朝日新聞』「'89新年特集・日本語」）から引用したものです。それぞれのａ、ｂ、ｃの中から適当な言い方を選びなさい。

かさねことばを｛a いろいろ　b うろうろ　c おろおろ｝｛a ときとき　b ときどき　c どきどき｝使いますと｛a まいまい　b むいむい　c めいめい｝

｛a おのおの　b そのその　c ものもの｝｛a おもいおもい　b こもいこもい　c そもいそもい｝の｛a ことこと　b ことごと　c ごとごと｝が｛a あかあか　b さかさか　c なかなか｝｛a いきいき　b うきうき　c はきはき｝

｛a たびたび　b ちびちび　c のびのび｝｛a ちらちら　b きらきら　c いらいら｝と　伝わることがありますが　ま　それも｛a ほとほと　b ぼとぼと　c ほどほど｝

｛a ぼちぼち　b ぽちぽち　c ほちほち｝｛a こまこま　b そまそま　c たまたま｝にしておかないと　それこそ　外の｛a くにぐに　b ぐにぐに　c くにくに｝の

｛a ひとひと　b ひとびと　c びどびど｝から　日本語は理性的ではない云々《うんぬん》と｛a くたくた　b ぐたぐた　c ぐだぐだ｝｛a ねちねち　b ねとねと　c ねばねば｝

｛a ふつふつ　b ぶつぶつ　c ぷつぷつ｝と言われることになりかねませんので｛a くれくれ　b くれぐれ　c ぐれぐれ｝も　ご注意のほど

{a かさねがさね　b おそるおそる　c しらずしらず}{a とくとく　b どくどく　c どんどん}申し上げておく次第です。

五味太郎《ごみたろう》

四　次の文章の中から擬音《ぎおん》語・擬態《ぎたい》語と思われるものを選びなさい。

さよなら、みず、かざぐるま、なみだ、愛してる、やさしい、悲しい、こんにちは、かたくりこ、ゆめ、あめ、ゆっくり、爽《さわ》やか、おだやか、うれしい、いろいろ、ぴったり、すっきり、おしゃれ、ほっそり、とびきり、しずか、幸せ、こころ、かぜ、あでやか、はじめて、きもち、おもしろい、はっとする。

五　次の文章中の□の中に入る適当な語を後のa～fの中から選びなさい。

1　ところで日本語では、「春の雨は[(1)]降る」とか、「夏の雨は[(2)]と降る」とか言う。秋から冬にかけて降る「時雨《しぐれ》」という雨は「[(3)]降る」と言う。つまり降り方がそれぞれ違《ちが》う。「時雨《しぐれ》」という言葉は辞書では、「秋から冬にかけて降ったりやんだりする雨」とだけしか書いていないが、われわれがこの言葉を聞くと、雨の降り方以外に、肌寒《はださむ》い感じ、山の木の葉が紅葉《こうよう》することを連想する。昔の人は、奥山《おくやま》で雄《おす》の鹿《しか》が雌《めす》の鹿《しか》を慕《した》って鳴く声なども一緒《いっしょ》に連想したはずで、そういったことから、一つ一つの雨の名前は、それぞれわれわれに豊かな連想を呼び起こす。このことから〈俳句〉という、世界で一番短い形の詩が日本に出来ている。

a シトシト　b ショボショボ　c ザーッ　d パラパラ
e ポツリ　f サーッ

（金《きん》田《だ》一《いち》春彦《はるひこ》『日本語（上）』）

2

日本人は、水という時には、天然自然にある湯と違《ちが》って冷たいものという感じを持っている。なぜ日本語には、「湯」という単語が別にあるのか。それは、日本は世界で有名な温泉国だからである。日本人の先祖がこの国土に渡《わた》って来た時に、地上を流れるたくさんの水と、地下から勢いよく湧《わ》き出している温泉を見た。そこであの熱いのは「湯」だ、この冷たいのは「水」だ、と区別したものと想像される。

ところで、日本の水はきれいなものであり、清冷なものだ。山へ行くと、谷川を水が流れている。思わず、立ちどまってそれを掬《すく》って飲むことがあるが、あの光景には中国人などがびっくりする。われわれは「滝《たき》」という言葉を聞くと、きれいな水が高いところから (1) と落ちている、あれを滝《たき》だと思う。が有名な世界の大きな滝《たき》、南米のイグアスの滝《たき》、アフリカのビクトリアの滝《たき》などはみそ汁《しる》みたいな水が (2) 、 (3) だらしなく流れているだけで、それは雄大《ゆうだい》であるが、きれいなものでは決してない。

a ポタポタ　b ポタリ　c サーッ　d ダボダボ
e ボタボタ　f ザーッ

（金《きん》田《だ》一《いち》春彦《はるひこ》『日本語（上）』）

3　「笑う」「泣く」は英語に語彙《ごい》が多く、
cry ―― (1) 泣く　weep ―― (2) 泣く　sob ―― (3) 泣く　blubber ―― (4) 泣く
whimper ―― (5) 泣く　pule ―― (6) 泣く　mewl ―― 弱々しく泣く
を区別する

a　ヒイヒイ　　b　ワァワァ　　c　オイオイ　　d　シクシク
e　メソメソ　　f　クスンクスン

（金田《きんだ》一春彦《いちはるひこ》『日本語（上）』）

六　次の文章、語句などは、新聞記事の見出しなどから引用したものです。擬音《ぎおん》語・擬態《ぎたい》語の正しい使い方のものには○、誤った使い方のものには×を、（　）の中に書きなさい。

1（　）大喪《たいそう》参列　SPの短銃《たんじゅう》　成田《なりた》はビリビリ
2（　）防犯ブザー・連絡《れんらく》ノート・パトロール　子どもたちはピリピリ
3（　）中国帰国者に広がる大学の門
独学・苦学支えた両親　家にこもって内職コソコソ
4（　）労組にも接触《せっしょく》リ社、批判にプリプリ　手土産《てみやげ》持参、拒否《きょひ》される
5（　）消費税に窓口ゼーゼー
東京ドーム　一円玉ノソノソ　行列時間3倍に
6（　）東京ノ私大ニ合格　入学金送レ　故郷の親にずしり

7　（　）　追跡《ついせき》リクルート疑惑《ぎわく》　高石《たかいし》氏疑惑《ぎわく》文部省がっしり

七　次の文章、語句などは、新聞広告や雑誌広告、車内広告などで目にしたものです。それぞれのa、b、cの中から適当な語を選びなさい。

1　子供のヤル気を大切にしています。実力｛a ごんごん　b ぎんぎん　c ぐんぐん｝アップ

2　キミはボクの｛a ヨチヨチ　b モタモタ　c ワクワク｝星。

3　陽気に誘《さそ》われて｛a ウキウキ　b モヤモヤ　c ズキズキ｝するのは、カラダだけじゃないみたい。好奇心《こうきしん》が騒《さわ》ぎ出したから。

（NECの広告）

4　髪《かみ》を｛a くにゃっと　b だらっと　c ふわっと｝つややかに。

（花王の広告）

5　サッポロドライだ｛a からり　b さらり　c たらり｝と切れる。

（サッポロビールの広告）

6 彼女《かのじょ》はとっても心臓に悪い。

なぜ、あの娘《こ》のそばに行くと{a ガタガタ b ゴトゴト c ドキドキ}するのだろう。

(藤沢薬品工業の広告)

7 {a ガチャッ b ジロッ c ピピッ}と株式、ファミコンで。

ファミコンで、リアルタイムの株式投資。

8 {a ゾクゾク b ゴホン c クラクラ}といえば龍角散。*(*風邪薬の商品名)

(龍角散の広告)

9 信頼《しんらい》で{a しっかり b くっきり c さっぱり}、結びます——夢《ゆめ》とカタチ。

(新聞の折り込み)

10 {a ぽかぽか b ぽっかり c ほかほか}弁当

11 何度みても{a ジーン b シーン c ジジー}とくるシーンがある。つい、{a ハラリ b ハッハッ c ハラハラ}、{a ドタバタ b ドキドキ c ドッシリ}させられてしまう場面もある。ビデオで見る、我が家の深夜名作劇場2本立。涙《なみだ》したり、手に汗握《あせにぎ》るほどに、ノドが渇《かわ》いてくる。こんな時は、氷とグラスを脇《わき》に置き、気に入りのウイスキーで、{a ちくりちくり／b ちらっちらっ／c ちびっちびっ}とノドを潤《うるお》すのがいい。きっと、今夜も結末までに5杯《はい》半。映像&ウイスキー。それには「角《かく》」が、なぜか合う。

（サントリーの広告）

12

{a ごろごろ／b くるくる／c がらがら}／まわって／つれてって。

向きを変えるたびに{a ハクション／b スッテンテン／c ドッコイショ}。

どっかにぶつかったら{a スッテンコロリ／b スタコラサッサ／c ヨッコラショ}。

もー、これだからソージは
メンドーなのよね。
なんていわれるのは
カナシかったりするから、
ソージキはこんなにスナオに

カワイクなりました。
ゴミにキビシイ230W。
吸《す》い込《こ》むチカラは230W。
かわいい顔して
{a ビシバシ　b デコボコ　c チラホラ} おソージ。

八　次の文章、語句などは、日本の季節や季節感などにふれた新聞記事の見出しや文章などです。それぞれのa、b、cの中から適当なものを選びなさい。

1　{a プルッ　b ブルッ　c ツルッ} とこの秋一番　各地からの初氷便り

2　{a スルルッ　b ブルルッ　c ヌルルッ} 寒くなったら武者ぶるい　かぜ薬市場ことしも激戦《げきせん》

3　ふくいくしい香りに {a ポッ　b ボッ　c ホッ} と春の気配《けはい》

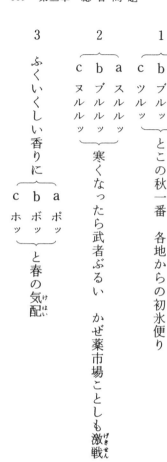

4　スギ花粉たち　暖冬で｛a ウズウズ　b オズオズ　c ムズムズ｝冷夏で減るはずが予想値《よそうち》上回《うわまわ》りそう

5　｛a パカパカ　b ポカポカ　c プカプカ｝異変｛a ソックリ　b シックリ　c ニッコリ｝する人｛a ムッツリ　b プッツリ　c ポックリ｝する人

6　｛a カラリ　b サラリ　c タラリ｝青空　家族連れ｛a ごっと　b ぞっと　c どっと｝外出

二十六日の日曜日、関東地方は朝まで残っていた雨が上がると、｛a くっきり　b すっきり　c てっきり｝とした青空が広がり、｛a さわやか　b しめやか　c すみやか｝な一日になった。風が強かったものの、この一週間、｛a いらつき　b ぐずつき　c しょぼつき｝気味の空模様が続いていただけに、家族連れなどが街や行楽地に繰《く》り出し、ようやく訪れた早春のきざしを楽しんだ。この日は低気圧が東《ひがし》海上へ抜《ぬ》けて西高東低《せいこうとうてい》の気圧配置に。一部で雪の降った東北地方などを除くと、全国的に｛a カラリ　b サラリ　c タラリ｝と晴れ上がった。

九

次の文章中のa、b、c、の中から適当なものを選びなさい。

1　雪の日

河野りえ

｛a くるりんりん　くるりんりん　b つるりんりん　つるりんりん　c づるりんりん　づるりんりん｝すべってころんでしりもちついた

12月のある日です　私のしごとはえのぐ塗《ぬ》り　夢《ゆめ》いっぱいのおしごとで　その日も元気に家を出た

バケツに｛a さっぱり　b たっぷり　c でっぷり｝赤えのぐ　クリスマス色の赤えのぐ

♪MERRY《メリー》　MERRY《メリー》　SNOW《スノー》・DAY《デー》

うたいながら歩くには　わりに重たいこの荷物

すべってころんで｛a とるりんりん　b つるりんりん　c づるりんりん｝立て看板を書いてる途中《とちゅう》で｛a とるりんりん　b つるりんりん　c づるりんりん｝

もしも雪がなかったら　こんなことにもならぬのに　思わず愚痴《ぐち》をこぼしたら　手のひらに
雪　アイスクリームやマシュマロの白いすてきなお客さま　空はきれいな水玉模様　水玉模様
{a こちん / b ごちん / c どきん} と心臓高なった
♪MERRY　MERRY　SNOWDAY
クリスマスより　もっと好き
すてきなすてきなこのまちは　粉砂糖をふりかけた　おいしいおいしいパンケーキ

(『朝日家庭便利帳』'88 December)

2

{a さらっと / b ふらっと / c たらっと} 歩いてて、たまたま入ったお店のケーキがおいしかったとか、道に迷って困っていたら、とってもきれいな公園を見つけたとか。そういう偶然《ぐうぜん》って、うれしいですよね。横浜《よこはま》博覧会は、そんな感じの場所になりそうです。どこからどこまで、ぜんぶおいしい。楽しいプラン、興味ぶかい計画が、あの空間からあふれそうになっているのですから。これをぜんぶ {a ジュッ / b ギュッ / c ビュッ} とつめこんだら……いまから {a ワクワク / b サクサク / c ラクラク} します。あと半年ほどで、本番です。

はじっこまで、おいしいぞ。

3

横浜《よこはま》博覧会

本を開く前に、{a こっそり　b ひっそり　c すっかり}とするわずかな一刻《ひととき》がある。家族が寝静《ねしず》まったあとの台所のテーブルの前でも、地下鉄の座席でも、あるいは書店の棚《たな》を前にしても、図書館の書架《しょか》の間《あいだ》に立っていても、その{a こっそり　b ひっそり　c すっかり}した一刻《ひととき》は訪れるものだ。時間にすれば何分でもないかもしれない。時には数秒、ほんのまたたく間《ま》で、{a こっそり　b ひっそり　c すっかり}とした気持ちになった当人すらそれと気付いていない場合もある。

（中沢けい「指先とページ」「日曜日の本棚《ほんだな》」『朝日新聞』'89・11・20朝刊）

4

{a カラッ　b ガラッ　c ザラッ}と晴れて上天気。さて今日《きょう》は、片付けものだ。{a ハリハリ　b パリパリ　c バリバリ}やるぞ。ファイトまんまん。

私と反対に若者が{a ガタガタ　b ダラダラ　c バラバラ}してる。「{a シャキッ　b チャキッ　c リャキッ}としなさい。

なに、{a くにゃくにゃ　b ぐゃぐゃにゃ　c くちゃくちゃ}してんの！」

{a オヤオヤ　b サヤサヤ　c ハヤハヤ}、自分が{a パッパ　b カッカ　c サッサ}してるからって、朝から{a カターン　b ガターン　c ドカーン}と雷落《かみなりおと》しちゃって。

間《ま》もなく、ご飯。「背中を{a ヒーン　b ピーン　c ビーン}と伸《の》ばして！」

なんてうるさいお母《かあ》さんなんだろう、私《わたし》は。だけど、家族は一斉《いっせい》に{a ハッ　b バッ　c パッ}と胸を張った。そして{a ヒッソリカ　b ドンピシャリ　c アッケラカン}と、{a やんわり　b ふんわり　c ほんわり}ご飯を食べている。ごちそうさまーで{a イチャイチャ　b ガチャガチャ　c グチャグチャ}{a ツベコベ　b ガタゴト　c ドタバタ}、それぞれが出かける。

すると電話が鳴った。お弟子のT平が昨年の長男誕生《たんじょう》に続いて今度は女児が授かったという。声が弾《はず》んでいた。まだまだの芸途《と》上《じょう》だが、これから{a ぎしぎし　b ごしごし　c どしどし}頑張《がんば》ることだろう。赤ちゃん誕生《たんじょう》は、何度聞いても胸が{a シーン　b ジーン　c ダーン}とする。

さて、布団《ふとん》を干し、{a とんとん　b どんどん　c ぽんぽん}片付けものをしていたら、N平が{a ヒョッコリ　b ピョッコリ　c ビョッコリ}顔を出した。この子はオートバイにまたがった瞬間《しゅんかん》{a ハシッ　b バシッ　c パシッ}と決めた風に見えるが、ふだんは{a ホーッ　b ボーッ　c ポーッ}としている。それが、「きちんとやってみようと思いまして」世帯《しょたい》をもっというう。ぞうきんをもったまま、顔を{a すらすら　b ずけずけ　c しげしげ}見たら、いつもと違《ちが》って{a スカッ　b フカッ　c ウカッ}としている。内弟子《うちでし》五年{a イライラ　b キラキラ　c チラチラ}、{a ゴキゴキ　b ドキドキ　c ボキボキ}させられたが、独り立ちしたりした子のこの知らせは｛a スッ　b ホッ　c ムッ｝とする。

夕方、嫁《よめ》と娘《むすめ》母子《おやこ》が、行ってきまーす。元気な声で拳法（けんぽう）道場へ。この上強くなったら、どうなるんだろう。

一段落。夕飯の支度《したく》を、と流しに立ったら、湯豆腐《ゆどうふ》に魚、野菜の煮《に》つけと、｛a ニャンニャン　b チャンチャン　c ツンツン｝としてあった。さすがあ。

それにしても、下町育ちの私は、物事や言葉を音によって表すことが多いと気づいた。つい、リズムのある暮《く》らしに、ごろが合うので。

（「海老名香葉子《えびなかよこ》「ことばと暮《くら》す」『朝日新聞』'88・10・20朝刊）

5

▼教室で『風の又三郎《またさぶろう》』を読んでもらったことも教え子は覚えている。出来立ての｛a ひやひや　b ふにゃふにゃ　c ほやほや｝の話。世界最初の読者、いや聴《き》き手である。ガラスのマントをまとった異次元からの少年、又三郎《またさぶろう》が、自分たちの遊びなれた風景の中にやってくる。興奮したことだろう。元生徒の一人は、冒頭《ぼうとう》の風の音を｛a ゴゴーゴ、ゴゴーゴ、ゴーゴーゴー　b ゾゾーゾ、ゾゾーゾ、ゾーゾーゾー　c ドドード、ドドード、ドードードー｝と記憶《きおく》している

▼賢治《けんじ》の本では、{a ごっごご ごごうご ごごうご ごごう / b ぞっぞぞ ぞぞうぞ ぞぞうぞ ぞぞう / c どっどど どどうど どどうぞ どどう}、である。新作の映画『風の又三郎《またさぶろう》』を見た。{a ごっごご ごごうど / b ぞっぞぞ ぞぞうど / c どっどど どどうど}の歌声とともに、緑の風が舞《ま》い上がる。広い野面《のづら》を吹《ふ》き渡《わた》り、深い森を吹《ふ》き抜《ぬ》けてゆく。岩手《いわて》の大自然と、子どもたちの生活が、実に{a まざまざ / b みずみず / c むずむず}しい。

（「天声人語」『朝日新聞』'89・3・3朝刊）

6

みそ汁《しる》は元気のもと。体にいいので一日一回は食べています。みそ汁《しる》であれば、どんなものでも好きですが、自分で作るときは、大根、にんじん、玉ねぎ、さといも、もやし、ごぼうなど、冷蔵庫にある野菜をできるだけいっぱい入れます。実だくさんのみそ汁《しる》は、煮込《にこ》むほどおいしくなるので、夕食のときに{a こっそり / b げっそり / c たっぷり}作っておきます。テレビ局に行く日は朝が早く、冬は特につらいのですが、さっと暖めなおしたみそ汁《しる》で体も{a フカフカ / b テカテカ / c ポカポカ}。寒さ知らずで出かけられるんです。

（藤田《ふじた》恵子　全国みそ連合会の広告）

7

たとえば2人でいて、きれいな夕焼けを見つけたり、

懐《なつ》かしい曲を耳にして{a サッ　b ハッ　c ワッ}としたり、

おいしそうなごはんを前に{a ニコッ　b ニタッ　c ニヤッ}としたり、

クレジットカードの請求《せいきゅう》通知に{a ゴキッ　b ドキッ　c ボキッ}としたり。

そんなときおたがいに同じ気持ちでいるのに気がついて、

やっぱり一緒《いっしょ》にいてよかったなー、って

思わず「{a ギュッ　b ジュッ　c ビュッ}!」としたくなったりします。

（グンゼの広告）

8

十一日の通夜《つや》、若手の弟子《でし》からきいた手塚《てづか》さんの別の一面は興味深かった。ファンへのていねいで律義《りちぎ》な対応のあと、突然《とつぜん》{a イライラーッ　b イチャイチャーッ　c イソイソーッ}として超多忙《ちょうたぼう》の現実をさとり、自分に腹を立てたり周囲に八ツ当たりしたり。しかし次のそんな機会には、またも

a ケロリ
b ゲンナリ
c ゲッソリ
として、つい「やさしい手塚《てづか》先生」になってしまう……。
この天才がバランスを保つためには当然だったのかもしれない。

（「流れ雲」『朝日新聞』'89・2・13夕刊）

9 いつも「忙《いそが》しい、忙《いそが》しい」と
a ヒソヒソ
b ヒーヒー
c ヒューヒュー
言っている山田《やまだ》課長。悲鳴をあげながらも、充実《じゅうじつ》しているといおうか、どこか嬉《うれ》しそうなんである。先日も「ちょっと下の喫茶店《きっさてん》でコーヒー飲みませんか」と声をかけたら、「いやいや私《わたし》はこれでいいよ」と管理課の冷蔵庫から缶《かん》コーヒーをだしてきた。

UCC THE COFFEE。「豆がうまい。ローストがうまい。喫茶店《きっさてん》のコーヒーにも負けんよ、キミ」そう言って、課長は「フレンチロースト」を
a ギイッ
b グイッ
c ビイッ
とあおる。うまい、うまい、忙《いそが》しい、忙《いそが》しい、とにぎやかな、山田《やまだ》課長の午後だった。

（UCCコーヒーの広告）

10 友人の最新作である書下《かきおろ》し長篇《ちょうへん》小説を読んだ。銀座《ぎんざ》で生き銀座《ぎんざ》で死んだホステスの話である。作者と彼《かれ》の妻と、妻の親友であるホステスの三人は、一枚岩のように固く固く結ばれて暮《くら》

していた。それが別れ別れになってしまう。
僕《ぼく》は、その女主人公であるホステスを知っているが、何とも感じのいい女性だった。最後に一軒《いっけん》の小さな酒場を経営するようになるのであるが、僕《ぼく》が飲みに行くと「ああ、

{ a やっぱり
b どうしても
c さすがに } 来てくださったわ、なんだかそんな気がしていたの。それで奥《おく》の席を空《あ》けておいたのよ。だってあの席に坐《すわ》るととても気持がいいんですもの」という感じでもって案内してくれる。何も言わないのだが、彼女《かのじょ》の背中がそう語っている。これは素敵なことだった。

彼女《かのじょ》は { a ガラガラ
b クラクラ
c コラコラ } 声で小柄《こがら》で痩《や》せていて決して美人ではなかったが、いつでも、どの店へ行っても人気があった。ある時、作者は、酒場勤めで何がものを言うのかと女主人公に質問する。彼女《かのじょ》は、少し考えて「誠意だと思う」と答える。「だから、{ a かつかつ
b くつくつ
c こつこつ } やっていくしかないのね」。二十歳《はたち》のころから銀座《ぎんざ》の酒場で生きてきて、彼女《かのじょ》がつかんだのが、それだった。と、作者は書く。

そこで、だ、新入社員諸君。いま、君は希望に満ち溢《あふ》れているのか、それとも不安で一杯《いっぱい》なのか、それは知らない。しかし、どんな職場でも、大企業《きぎょう》でも中小企業《きぎょう》でも、誠心誠意でこつこつやっていけば、誰《だれ》かが認めてくれる、少しも心配することはないということだけは

{ a ハッキリ / b テッキリ / c クッキリ } しているんだ。

会社勤めで何がものを言うのかと問われるとき、僕《ぼく》は、いま、少しも逡巡《しゅんじゅん》することなく「それは誠意です」と答えている。

（山口瞳　サントリーの広告）

一〇　文学作品の中にあらわれた擬《ぎ》音《おん》語・擬《ぎ》態《たい》語などです。a、b、cの中から適当なものを選びなさい。

1　{ a さっぱり / b たっぷり / c でっぷり } と君に抱《だ》かれているようなグリンのセーター着て冬になる

（俵万智《たわらまち》『サラダ記念日』）

2　春の海ひねもす { a たらりたらり / b のたりのたり / c のそりのそり } かな

（与謝蕪村《よさぶそん》）

3　雪だるま星のおしゃべり { a ぱちゃぱちゃ / b ぴちゃぴちゃ / c ぺちゃくちゃ } と

（松本《まつもと》たかし『石魂』）

4　一つのメルヘン

秋の夜は、はるかの彼方《かなた》に、

小石ばかりの、河原《かわら》があって、
それに陽《ひ》は、{a からから／b さらさら／c たらたら}と
{a からから／b さらさら／c たらたら}と射《さ》しているのでありました。

陽《ひ》といっても、まるで硅石《けいせき》か何かのようで、
非常な個体の粉末のようで、
さればこそ、{a からから／b さらさら／c たらたら}と
かすかな音を立ててもいるのでした。

さて小石の上に、今しも一つの蝶《ちょう》がとまり、
淡《あわ》い、それでいて{a くっきり／b すっきり／c はっきり}とした
影《かげ》を落《おと》しているのでした。

やがてその蝶《ちょう》がみえなくなると、いつのまにか、

今迄《いままで》流れてもいなかった川床《かわどこ》に、水は
〔a からから／b さらさら／c たらたら〕と、〔a からから／b さらさら／c たらたら〕と流れているのでありました……

（中原中也《なかはらちゅうや》）

5 末造は〔a つと／b ふと／c どっと〕席を起《た》った。そして廊下《ろうか》に出て見ると、腰《こし》を屈《かが》めて、曲角《まがりかど》の壁際《かべぎわ》に躊《ちゅう》躇《ちょ》している爺《じ》いさんの背後《うしろ》に、怯《おく》れた様子《ようす》もなく、物珍《ものめず》らしそうにあたりを見て立っているのがお玉であった。〔a がっくり／b ふっくり／c ぱっくり〕した円顔《まるがお》の、可哀《かわい》らしい子だと思っていたに、いつの間《ま》にか細面《ほそおもて》になって、体も前よりは〔a ぬらり／b さらり／c すらり〕としている。〔a さっぱり／b すっぱり／c きっぱり〕とした銀杏返《いちょうがえ》しに結《ゆ》って、こんな場合に人のする厚化粧《あつげしょう》なんぞはせず、殆《ほとん》ど素顔《すがお》と云《い》っても好い。それが想像していたのとは全く趣《おもむ》きが変っていて、しかも一層美しい。末造はその姿を目に吸い込《こ》むように見て、心の内に非常な満足を覚えた。

（森鷗外《もりおうがい》『雁《がん》』）

6 大時計〔a コトリ／b ノロリ／c バタリ〕と〈分〉を跳《と》び越《こ》えぬ

人の淀《よど》みのはるか頭上を　　永田《ながた》和宏《かずひろ》

『やぐるま』（昭六一）所収。繁華街《はんかがい》の高い建物の上方で時を刻んでいる大時計。よく見る風景である。しかしこの歌のような詠《よ》み方でそれをとらえた作はまだ見なかった。針が一分間隔《かんかく》で目盛《めも》りを移動するだけの事だが、それを大時計が「{ a コトリ　b ノロリ　c バタリ }と〈分〉を跳《と》び越《こ》えぬ」と詠《よ》んだ時、急に時間そのものが目に見えて深淵《しんえん》のように実感されるものとなる。時が内包する神秘と不安をつかみだした歌。

（大岡信《おおおかまこと》「折々のうた」『朝日新聞』'88・11・1朝刊）

二　次の文中の擬音《ぎおん》語・擬態《ぎたい》語（オノマトペ）を指摘しなさい。

商業文にもオノマトペは入ってこない。どんなに有能なワードプロセッサーも、

拝啓《はいけい》　ますますご繁栄《はんえい》の段、うはうはお喜び申しあげます。さて、先般《せんぱん》ご注文によりどんとご送品申しあげました干瓢《かんぴょう》二〇キロ代金二万八千円也《なり》、当店振替《ふりかえ》口座にどんぴしゃとお払《はら》い込《こ》みいただきがっちりと拝受いたしました。まずは入金ご通知かたがたそくさと御礼《おんれい》申しあげます。

敬具

とは書かない。商業文は背中に「会社法人」というものを背負っているからである。新聞の社説のうしろには「社会の木鐸《ぼくたく》」という金看板《きんかんばん》があり、学術論文は頭に「真理の探究」という

冠《かんむり》を戴《いただ》く。いずれも公的なものであり、妙《みょう》に具体的だったり、感覚的だったりしてはいけないのだ。個が割り込《こ》んでは公が崩《くず》れよう。したがってオノマトペはそれらの文章からは完璧《かんぺき》に駆逐《くちく》されているのである。

（井上ひさし『自家製文章読本』）

二

次は、日本語の音声、語彙《ごい》、文字などを論じた文章です。それぞれa、b、あるいは、a、b、cの中から適当な語(句)を選びなさい。

1　(三味線《しゃみせん》と尺八の譜《ふ》について述べて)

要するに母音《ぼいん》ではiが最も高い音を、e・uがその次の音を、oは最も低い音を、そうして濁音《だくおん》は清音《せいおん》より低い音を、ラ行音はツァ行音より低い音を出すと言える。

これと関係して、擬《ぎ》音《おん》語・擬《ぎ》態《たい》語と呼ばれるものがある。母音《ぼいん》について言うと、たとえばア(オ)の母音《ぼいん》は｛a 大きいもの、荒《あら》いもの　b 小さいもの、弱々しいもの｝を表す。「ザーッと」「ガバッと」とかいう場合に調和する。オもこれに準じる。イの母音《ぼいん》は｛a 大きい　b 小さい｝感じで「チビッと」「チンマリ」とかいうのがある。エになると、これはどうも人気《にんき》がなく用例も少ないが、あっても｛a 品のない感じ　b 上品な感じ｝を与《あた》える。「ヘナヘナ」とか「セカセカ」。エの段に始まる擬《ぎ》態《たい》語に、ほめるときに使う言葉は｛a けっこう多い　b なかなかない｝。

（略）

仏文学者の太宰《だざい》施門は、日本語の母音《ぼいん》を比較《ひかく》して、その感じを、

アは｛a 低く小さく／b 高く大きく｝、イは｛a 太く鈍《にぶ》く／b 細く鋭《するど》く｝、ウは｛a 暗く鈍《にぶ》く／b 明るく鋭《するど》く｝、エは｛a 明るく平たく／b 暗く円く｝、オは｛a 平たくて軽い／b 円くて重い｝

と言ったそうだ（楳垣実《うめがきみのる》『日英比較《ひかく》表現論』）。

これは、多くの人の共感を得そうだ。

一般の単語でも、形容詞には、量の｛a 大きさ／b 小ささ｝を表すものには母音《ぼいん》｛a i／b u｝をもった拍《はく》ではじまるものが目立ち、量の｛a 大きさ／b 小ささ｝を表すものには母音《ぼいん》｛a iやu／b oやa｝をもった拍《はく》ではじまるものが目立つ。チイサイ・チカイ・ヒクイ・ミジカイ……などは前者の例、オーキイ・トーイ・タカイ・ナガイなどは後者の例である。

太宰《だざい》にまねて、子音《しいん》の感じを言うならば、こんなことになろうか。

カ行音は、｛a 湿《しめ》った柔《やわ》らかい／b 乾《かわ》いた堅《かた》い｝感じ、サ行音は｛a 不快な、時に乾《かわ》いた／b 快い、時に湿《しめ》った｝感じ、タ行音は｛a 強く、男性的な／b 弱く、女性的な｝感じ、ナ行音は｛a ねばる／b さらさらした｝感じ、ハ行音は｛a 軽く、抵抗《ていこう》感のない／b 重く、抵抗《ていこう》感のある｝感じ、マ行音は｛a まるく、女性的な／b ごつごつして、男性的な｝感じ、ヤ行音は

{a 堅《かた》く、強い / b やわらかく、弱い}感じ、ワ行音は{a しなやかで、こわれにくい / b もろく、こわれやすい}感じがある。

日本語の子音《しいん》で重要なことは、カ行・サ行……の{a ちがい / b 同等さ}よりも清音《せいおん》と濁音《だくおん》の{a ちがい / b 同等さ}で効果が{a 同じ / b 違《ちが》う}ことである。清音《せいおん》の方は{a 小さくきれいで速い / b 大きくきたなく遅《おそ》い}感じで、{a コロコロ / b ゴロゴロ}と言うと、ハスの葉の上を{a 水玉 / b ボーリングのボール}がころがるようなときの形容である。{a コロコロ / b ゴロゴロ}と言うと、{a 大きく荒《あら》く遅《おそ》い / b 小さく丁寧《ていねい》で速い}感じで、力士が土俵の上でころがる感じである。キラキラと言うと{a マムシの眼玉《めだま》 / b 宝石}の輝《かがや》きであるが、ギラギラと言うと{a マムシの眼玉《めだま》 / b 宝石}でも光っているときの形容になる。

一般《いっぱん》の名詞・形容詞などで、{a 一番明瞭《めいりょう》に見られる / b 全くはっきりと見られない}ものは清音《せいおん》ときれいきたないの{a 関係 / b 無関係}で、和語で{a 清音《せいおん》 / b 濁音《だくおん》}ではじまるものには、ドブ・ビリ・ドロ・ゴミ・ゲタ等、{a きたならしい / b きれいな}語感のものが多い。いつかラジオのコマーシャルで、

たちまちに色白のビハダになります

というのがあったが、聞いていて、肌《はだ》が{a サラサラ / b ザラザラ}になりそうだと言う人があった。こんなことから、女子の名前に{a 清音《せいおん》 / b 濁音《だくおん》}ではじまるものはきわめて少なく、たとえばバラは美しい花ということになっているが、バラ子という名前の女の子は{a まだ聞かない / b たまにはある}。

（金田一春彦《きんだいちはるひこ》『日本語（上）』）

2

新元号「平成《へいせい》」は、昭和《しょうわ》や大正《たいしょう》に比べて、言葉の響《ひび》きにヤマがなく、新時代への期待感の表現やアピール性に乏《とぼ》しい——言葉の持つ響《ひび》きや表情、雰囲気《ふんいき》を数量的に分析《ぶんせき》し、商品名などのネーミングに応用しているNTT系列の広告会社、NTTアド（本社　東京・銀座《ぎんざ》）の木通（きどおし）隆行・ネーミング制作室長がこんな結論を出した。

木通《きどおし》さんは、国語辞典の中から感情を表現することばを千二百八十九語選び、「楽しい」「さわやか」など{a 明るさや新鮮《しんせん》さ / b わかりやすさや一般性《いっぱんせい》}を表す言葉、「悲しい」「つらい」など{a 明朗さや明るさ / b 哀感《あいかん》や暗さ}を表す言葉、「でかい」「すばやい」など{a 強さ / b わかりやすさ}を表す言葉の三タイプに分類した。次に、これらのことばを母音《ぼいん》、子音《しいん》に分解して、どんな感情を表すのに使われているかを分析《ぶんせき》した。

その結果、たとえば、子音《しいん》の「p」は{a「ピカピカ」「ピチピチ」 b「ペカペカ」「ペチャペチャ」}など、明るさや新《しん》鮮《せん》さを表すことばに使われる割合が九八%に上る。逆に「z」は{a「ガタガタ」「ガサガサ」 b「グズグズ」「ゾクゾク」}など、哀感《あいかん》や暗さを表すことばに使われる割合が八四%に達した。

これらの結果をもとに、すべての音《おん》について、その響《ひび》きや雰囲気《ふんいき》を強弱（H）、明暗（B）の二つの要素でとらえ、その程度を数字で表した。強弱は0から2まで三段階、明暗はプラス2からマイナス2まで五段階とし、プラスは{a 明るい b 暗い}要素、マイナスは{a 明るい b 暗い}要素を表す。

これを元号に当てはめてみると、平成《へいせい》は六つの子音《しいん》、母音《ぼいん》のうち、五つまでが「B0、H0」でわずかに「s」だけが「B0、H1」。六つ足し算した総合評価は「B0、H1」。

これに対し、昭和は「マイナスB2、H2」、大正は「プラスB1、H5」、明治は「マイナスB1、H2」となる。マイナスは{a 落ち着きのなさや浅薄《せんぱく》さ、線の細さ b 落ち着きや奥行《おくゆ》き、幅《はば》の広さ}も表すと言う。

木通《きどおし》さんは有声音と無声音の順序、母音《ぼいん》の続き方なども加味して評価した。その結果、「平《へい》成《せい》は{a 安定感 b 不信感}、{a 不均衡感《ふきんこうかん》 b 均衡感《きんこうかん》}はあってもヤマがない。新時代への意欲が{a あまり表現されていない b よく表現されている}」という。

（『朝日新聞』'89・1・24夕刊）

3

（擬音語《ぎおん》・擬態語《ぎたい》の特徴《とくちょう》を述べて）

第三に、これは第一の音と意味との関係が、比較《ひかく》的合理的に結ばれているところから、新しい音の組み合わせでも意味が理解されやすく、そのために、新作がどんどん許されるという性質をもつ。萩原朔太郎《はぎわらさくたろう》の「とをてくう」もその例と見られるが、朔太郎《さくたろう》の他に、北原白秋《きたはらはくしゅう》・草野心平《くさのしんぺい》・宮沢賢治《みやざわけんじ》といった人たちの作品には新作の擬音語《ぎおん》・擬態語《ぎたい》の例が多い。荻原井泉水《おぎわらせいせんすい》は、『初夏の奈良《なら》』という作品の中に、孟宗竹《もうそうちく》の枝葉が、築地《つきじ》の瓦《かわら》の上に軽く豊かにかぶさっているのを、

a　もっさり
b　わっさり
c　ばっさり

という言葉で表現したが、彼《かれ》によると、この擬態語《ぎたい》は非常に苦心して作った単語で、他の人が無断でこの言葉を使用していることを憤慨《ふんがい》にたえないと言っていた。

近頃《ちかごろ》では、漫画《まんが》や劇画やドタバタテレビ劇に、刺激《しげき》的な新しい擬音語《ぎおん》が盛《さか》んに登場することが、一部の人が慨嘆《がいたん》させていること、広く知られるとおりである。

（金田一春彦《きんだいちはるひこ》「解説」浅野鶴子《あさのつるこ》『擬音語《ぎおん》・擬態語《ぎたい》辞典』）

4

『理科系の作文技術』（木下是雄《きのしたこれお》著。中公新書）という出色の文章読本があるけれども、これを通読するうちに奇妙《きみょう》なことに気付いた。理科系論文は如何《いか》に書かれるべきかを説いている書物であるから、当然、オノマトペ（著者注―擬音語《ぎおん》・擬態語《ぎたい》）などは排除されなければならない。しかしそのように力説する著者自身の文章には、オノマトペが多用されているのだ。「私《わたし》

たちが一つの文を理解するパターンは、文中の句や節が互《たが》いに人見知りして｛a マジマジ　b モジモジ　c モゴモゴ｝しながら頭の入り口につめかけている、全文を読み終《お》わるとそれらが｛a アッ　b ハッ　c サッ｝と隊を組んで頭の奥《おく》に駈《か》けぬけて行く――といったものらしい」「｛a すらすら　b するする　c さらさら｝と文意が通じるように書けてさえいれば、長さにはこだわらなくていい」「｛a かちっ　b こちっ　c きちっ｝と書き、｛a きちん　b かちん　c こちん｝と連結すれば、格段に読みやすくなるのである」「必要｛a キリキリ　b ギリギリ　c スレスレ｝の要素は何々かを洗いだし、それだけを、切りつめた表現で書く」……とオノマトペの総ざらいである。著者には、理科系論文はこうあるべきだという熱い思いがある。個としての主張がある。その個がオノマトペを多用せしめたのであろうと思う。オノマトペのおかげで著者の文は白熱し、書物は力強い説得力を持った。

（井上ひさし『自家製文章読本』）

り

わ

は

ひ

語彙索引

総合問題に現れた擬音語・擬態語のなかで標準日本語として一般に認められていないと思われるものには▲印を付した。なお，本索引では本文でカタカナ表記をとったものについてもすべてひらがなで表記した。

著者紹介

日向茂男（ひなた・しげお）

1967年東京都立大学国語国文学科卒業。73年オーストラリア・ヴィクトリア州立モナッシュ大学大学院修了(M. A.)，ブラジル・サンパウロ州立大学客員教授，国立国語研究所日本語教育センター室長を経て，現在，東京学芸大学助教授。論文に「発表の工夫」，「日本語教育映画におけるテクストと文法の問題」「マンガの擬音語・擬態語 1～6」「日本語における重なり語形の記述のために」他。教養書として『発表する技術』（ごま書房），日本語教育のための参考書として『談話の構造』（共著，荒竹出版）がある。

日比谷潤子（ひびや・じゅんこ）

1980年上智大学外国語学部フランス語学科卒業。82年同大学院外国語学研究科言語学専攻博士前期課程修了，文学修士。88年ペンシルベニア大学言語学博士。現在，慶応義塾大学専任講師。著書に『談話の構造』（共著，荒竹出版），'A Statistical Analysis of (g) in Tokyo Japanese' (*Proceedings of the N-WAVE XIII Conference*), 'The Discourse Function of Clause-Chaining'（共著 *Clause Combining in Grammar and Discourse*, John Benjamins),「社会言語学」（共著，『海外言語学情報』3, 大修館書店）他がある。

外国人のための日本語例文・問題シリーズ14

擬音語・擬態語

平成元年七月二十日　印刷
平成元年七月三十日　初版

著者　日向茂男　日比谷潤子
発行者　荒竹勉
印刷／製本　中央精版印刷
発行所　荒竹出版株式会社
東京都千代田区神田神保町二―三四
郵便番号一〇一
電話　〇三―二六二―〇二〇二
振替（東京）二―一六七一八七

（乱丁・落丁本はお取替えいたします）

ISBN4-87043-214-5　C3081

定価1,545円（本体1,500円）

外国人のための日本語
例文・問題シリーズ14

『擬音語・擬態語』練習問題解答

第二章　動物の鳴き声

〔一〕―〔四〕　1 f　2 c　3 g　4 a　5 d
6 b　7 e　8 h

第三章　自然現象の中の音・様子《ようす》

〔一〕―〔九〕　A　1 a、i　2 b、l　3 c、d
4 f　5 q、p　6 g、h、j、m　7 e
8 q、r、s　B　1 a　2 b　3 b
4 c　5 c　C　1 c　2 e　3 a　4
b　5 d

第四章　物が出す音

〔一〕　1 a　2 c　3 e　4 b　5 f　6 d
〔二〕　1 b　2 b　3 c　4 a
〔三〕　1 a　2 f　3 g　4 b
〔四〕―〔七〕　A　1 d　2 g　3 k　4 m　5 n
6 i　B　1 a　2 c　3 a　4 b

第五章　物の動き

〔一〕―〔四〕　1 b　2 c　3 b

第六章　物の様態・性質

〔一〕―〔四〕　A　1 b　2 a　3 b　B　1 h
2 i　3 b　4 d
〔五〕―〔九〕　A　1 d　2 b　3 a　4 c　B
1 k　2 d、f、j、l　3 h、i、q、p
4 b、c、e　5 g、n

第七章　人の動作・人の声や音

〔一〕　1 a　2 c
〔二〕〔三〕　1 b、c、d　2 e　3 f、g　4 a
〔四〕―〔二〕　A　1 b　2 f　3 h　4 c、g、
i、j、m、p　5 a、d、k、q、s、t
6 e、n、q、r　B　1 c　2 a　3
b　4 b

第九章　人の健康状態

1 c　2 b　3 a

第一一章　人の様子《ようす》・心情・感覚など

〔一〕―〔二〕 1 a 2 b
〔三〕―〔八〕 A 1 g、o 2 f、k 3 a、d
4 m 5 b、c、j 6 i 7 e、h
B 1 b 2 a 3 c 4 c 5 b

第一二章　総合問題

一 1 c 2 c 3 a
二 1 a 2 h 3 l 4 o 5 n 6 d
7 b 8 j 9 f 10 g 11 m 12 c
13 e 14 k 15 i
三 a、b、c、a、a、b、c、a、c、b、c、
a、c、a、b、c、a、b、b、a、a
四 ゆっくり、ぴったり、すっきり、ほっそり、は
っとする
五 1 a、c、b 2 c、d、d 3 b、e、
f、c、d、a
六 1 × 2 ○ 3 × 4 × 5 × 6 ○
7 ×
七 1 c 2 c 3 a 4 c 5 b 6 c
7 c 8 b 9 a 10 c 11 a、c、b、
c 12 b、c、c、a
八 1 b 2 b 3 c 4 c 5 b、c、a
6 a、c、b、a、b、a
九 1 b、b、b、b、c 2 b、b、a 3
b、b、b 4 a、c、b、a、b、a、b、
c、b、c、c、b、b、c、c、b、b、
a、c、b、c、a、a、b、b、b 5 c、
c、c、c、b 6 c、c 7 b、a、b、
a 8 a、a 9 b、b 10 a、a、c、a
一〇 1 b 2 b 3 c 4 b、b、b、a、
b、b 5 a、b、c、a、b、a、a
一一 うはうは、どんと、どんぴしゃと、がっちり、
そそくさ
一二 1 a、b、a、b、b、b、a、a、b、
b、a、a、b、b、b、a、a、a、a、
b、b、a、a、a、a、b、a、b、a、
a、a、b、a、b、b、a 2 a、b、a、
a、b、a、b、b、a、b、a 3 b 4
b、c、a、c、a、b

定價：180元

發　行　所：鴻儒堂出版社
發　行　人：黃　成　業
地　　　址：台北市10044博愛路九號五樓之一
電　　　話：02-2311-3810、02-2311-3823
郵政劃撥：01553001
電話傳真機：02-2361-2334
法律顧問：蕭　雄　淋　律　師
一九八九年九月初版一刷
二〇一八年五月初版三刷

本書凡有缺頁、倒裝者，請逕向本社調換